P JAMES
PATTERSON
BOOKSHOTS

D0017214

Every minute,
every *second*, counts.

113
MINUTES

WITH
MAX DiLALLO

$4.99 US / $5.99 CAN
ISBN 978-0-316-31718-4

BOOK**SHOTS**
AVAILABLE NOW!

CROSS KILL

Along Came a Spider killer Gary Soneji died years ago. But Alex Cross swears he sees Soneji gun down his partner. Is his greatest enemy back from the grave?

ZOO 2

Humans are evolving into a savage new species that could save civilization—or end it. James Patterson's *Zoo* was just the beginning.

THE TRIAL

An accused killer will do anything to disrupt his own trial, including a courtroom shocker that Lindsay Boxer and the Women's Murder Club will never see coming.

LITTLE BLACK DRESS

Can a little black dress change everything? What begins as one woman's fantasy is about to go too far.

LET'S PLAY MAKE-BELIEVE

Christy and Marty just met, and it's love at first sight. Or is it? One of them is playing a dangerous game—and only one will survive.

CHASE

A man falls to his death in an apparent accident....But why does he have the fingerprints of another man who is already dead? Detective Michael Bennett is on the case.

HUNTED

Someone is luring men from the streets to play a mysterious, high-stakes game. Former Special Forces officer David Shelley goes undercover to shut it down—but will he win?

113 MINUTES

Molly Rourke's son has been murdered. Now she'll do whatever it takes to get justice. No one should underestimate a mother's love....

LEARNING TO RIDE

City girl Madeline Harper never wanted to love a cowboy. But rodeo king Tanner Callen might change her mind...and win her heart.

THE McCULLAGH INN IN MAINE

Chelsea O'Kane escapes to Maine to build a new life—until she runs into Jeremy Holland, an old flame....

SACKING THE QUARTERBACK

Attorney Melissa St. James wins every case. Now, when she's up against football superstar Grayson Knight, her heart is on the line, too.

THE MATING SEASON

Documentary ornithologist Sophie Castle is convinced that her heart belongs only to the birds—until she meets her gorgeous cameraman, Rigg Greensman.

UPCOMING BOOKSHOTS THRILLERS

$10,000,000 MARRIAGE PROPOSAL

A mysterious billboard offering $10 million to get married intrigues three single women in LA. But who is Mr. Right…and is he the perfect match for the lucky winner?

FRENCH KISS

It's hard enough to move to a new city, but now everyone French detective Luc Moncrief cares about is being killed off. Welcome to New York.

KILLER CHEF

Caleb Rooney knows how to do two things: run a food truck and solve a murder. When people suddenly start dying of food-borne illnesses, the stakes are higher than ever.…

THE CHRISTMAS MYSTERY

Two stolen paintings disappear from a Park Avenue murder scene—French detective Luc Moncrief is in for a merry Christmas.

BLACK & BLUE

Detective Harry Blue is determined to take down the serial killer who's abducted several women, but her mission leads to a shocking revelation.

UPCOMING BOOKSHOTS FLAMES ROMANCES

DAZZLING: THE DIAMOND TRILOGY, PART I

To support her artistic career, Siobhan Dempsey works at the elite Stone Room in New York City...never expecting to be swept away by Derick Miller.

RADIANT: THE DIAMOND TRILOGY, PART II

After an explosive breakup with her billionaire boyfriend, Siobhan moves to Detroit to pursue her art. But Derick isn't ready to give her up.

BODYGUARD

Special Agent Abbie Whitmore has only one task: protect Congressman Jonathan Lassiter from a violent cartel's threats. Yet she's never had to do it while falling in love....

HOT WINTER NIGHTS

Allie Thatcher moved to Montana to start fresh as the head of the trauma center. And even though the days are cold, the nights are steamy... especially when she meets search-and-rescue leader Dex Belmont.

"DON'T MAKE A SOUND. NOT A SINGLE SOUND."

Someone is luring men from the streets to play a mysterious, high-stakes game in the English countryside. Former Special Forces officer David Shelley will go undercover to shut it down. But this might be a game he can't win.

The hunt is on.

Read the shocking new thriller *Hunted*, available now from

BOOK**SHOTS**

113 MINUTES

JAMES PATTERSON
with MAX DiLALLO

BOOK**SHOTS**

Little, Brown and Company

New York Boston London

Copyright © 2016 by James Patterson

Hachette Book Group supports the right to free expression and the value of copyright. The purpose of copyright is to encourage writers and artists to produce the creative works that enrich our culture.

The scanning, uploading, and distribution of this book without permission is a theft of the author's intellectual property. If you would like permission to use material from the book (other than for review purposes), please contact permissions@hbgusa.com. Thank you for your support of the author's rights.

BookShots / Little, Brown and Company
Hachette Book Group
1290 Avenue of the Americas, New York, NY 10104
bookshots.com

First Edition: September 2016

BookShots is an imprint of Little, Brown and Company, a division of Hachette Book Group, Inc. The Little, Brown name and logo are trademarks of Hachette Book Group, Inc. The BookShots name and logo are trademarks of JBP Business, LLC.

The publisher is not responsible for websites (or their content) that are not owned by the publisher.

The Hachette Speakers Bureau provides a wide range of authors for speaking events. To find out more, go to hachettespeakersbureau.com or call (866) 376-6591.

ISBN 978-0-316-31718-4
LCCN 2016935248

10 9 8 7 6 5 4 3 2 1

RRD-C

Printed in the United States of America

113 MINUTES

3 MINUTES, 10 SECONDS

A MOTHER'S INSTINCT to protect her child—the most powerful force on the planet.

Right now I'm bursting with it. Overwhelmed by it. Trembling from it.

My son, my precious little boy, is hurt. Or, God forbid, it's worse.

I don't know the details of what's happened. I don't even know where he is.

I just know I have to save him.

I slam on the brakes. The tires of my old Dodge Ram screech like hell. One of them pops the curb, jerking me forward hard against the wheel. But I'm so numb with fear and panic, I barely feel the impact.

I grab the door handle—but stop and count to three. I force myself to take three deep breaths. I make the sign of the cross: three times again.

And I pray that I find my son fast—*in three minutes or less.*

I leap out and start running. The fastest I've ever moved in my life.

Oh, Alex. What have you done?

He's such a good kid. Such a smart kid. A tough kid, too—especially with all our family's been going through. I'm not a perfect mother. But I've always done the best I know how. Alex isn't perfect, either, but I love him more than anything. And I'm so proud of him, so proud of the young man he's becoming before my eyes.

I just want to see him again—*safe*. And I'd give anything for it. *Anything.*

I reach the two-story brick building's front doors. Above them hangs a faded green-and-white banner I must have read a thousand times:

HOBART HIGH SCHOOL—HOME OF THE RAIDERS

Could be any other high school in America. Certainly any in sweltering west Texas. But somewhere inside is my son. And goddamnit, I'm coming for him.

I burst through the doors—*But where the hell am I going?*

I've spent more hours in this building than I could ever count. Hell, I graduated from this school nearly twenty years ago. But suddenly, the layout feels strange to me. Foreign.

I start running down the central hallway. Terrified. Desperate. Frenzied.

Oh, Alex. At fifteen, he's still just a child. He loves comic books—especially the classics like Batman and Spider-Man. He loves video games, the more frenzied the better. He loves being outdoors, too. Shooting and fishing especially. Riding his dirt bike—shiny blue, his favorite color—around abandoned oil fields with his friends. ·

But my son is also turning into an adult. He's been staying out later and later, especially on Fridays and Saturdays. He's started cruising around the county in his friends' cars. Just a few weeks ago—I didn't say anything, I was too shocked—but I smelled beer on his breath. The teenage years can be so hard. I remember my own rocky ones. I just hope I've raised him well enough to handle them....

"Alex!" I scream, my shrill voice echoing off the rows of metal lockers.

The text had come from Alex's cell phone—Miss Molly this is Danny—but it was written by his best friend since first grade. I always liked Danny. He came from a good family. But rumor was, he'd recently started making some bad choices. I'd been secretly worrying he'd pressure Alex to make the same ones someday.

The moment I read that text, I knew he had.

Alex did too much. Not breathing. At school come fast.

Next thing I remember, I'm in my truck roaring down Route 84, dialing Alex's cell, cursing when neither of them answers. I call his principal. I call my brothers. I call 911.

And then I pray: I call in a favor from God.

"Alex!" I yell again, even louder, to no one and everyone. "Where are you?!"

But the students I pass now just gawk. Some point and

snicker. Others point and click, snapping cell-phone pictures of the crazy lady running wild through their school.

Don't they know what's happening?! How can they be like this, so…

Wait. Teenagers spread rumors faster than a brushfire, and it's way too quiet. Maybe they *don't* know.

He must be on the second floor.

I head to the nearest stairway and pound up the steps. My lungs start to burn and my heart races. At the top, the hallway forks.

Damn it, which way, where is he?!

Something tells me to hang a left. Maybe a mother's intuition. Maybe blind, stupid luck. Either way, I listen.

There, down at the end, a growing crowd is gathering outside the boys' bathroom. Kids and teachers. Some yelling. Some crying. All panicking.

Like I am.

"I'm his mother!" I push and shove toward the middle. "Move! Out of my way!"

I spot Alex's legs first, splayed out limp and crooked. I see his scuffed-up Converses, the soles wrapped in duct tape, apparently some kind of fashion trend. I recognize the ratty old pair of Levi's he wore at breakfast this morning, the ones I sewed a new patch onto last week. I can make out a colorful rolled-up comic book jutting out of the back pocket.

And then I see his right arm, outstretched on the ground.

His lifeless fingers clutching a small glass pipe, its round tip charred and black.

Oh, Alex, how could you do this?

His homeroom teacher, the school nurse, and a fit youngish man I don't recognize wearing a HHS baseball T-shirt are all hunched over his body, frantically performing CPR.

But *I'm* the one who's just stopped breathing.

"No, no, no...Alex! My poor baby..."

How did this happen? How did I let it? How could I have been so blind?

My knees start to buckle. My head gets light. My vision spins. I start to lose my balance....

"Molly, easy now, we got ya."

I feel four sturdy hands grab me from behind: Stevie and Hank, the best big brothers a girl could ask for. As soon as I called them to say what had happened, they rushed right over to the high school. They're my two rocks. Who I need now more than ever.

"He's gonna be all right," Hank whispers. "Everything's gonna be fine."

I know he's just saying that—but they're words I desperately need to hear and believe. I don't have the strength, or the will, to respond.

I let him and Stevie hold me steady. I can't move a muscle. Can't take my eyes off Alex, either. He looks so thin, so weak. So young. So vulnerable. His skin pale as Xerox paper. His lips flecked with frothy spittle. His eyes like sunken glass orbs.

"Who sold him that shit?!"

Stevie spins to face the crowd, spewing white-hot rage. His voice booms across the hallway. "Who did this?! Who?!"

The crowd instantly falls silent. A retired Marine, Stevie is that damn scary. Not a sound can be heard—except for the wail of an ambulance siren.

"Somebody better talk to me! Now!"

Yet no one makes a peep. No one dares to.

But no one *needs* to.

Because as I watch the last drops of life drain from Alex's body, my own life changed and dimmed forever, I realize I already know the answer.

I know who killed my son.

2 MINUTES, 45 SECONDS

THE OLD JEEP rattles slowly down the long dusty road, like a cheetah stalking its prey. A symphony of crickets fills the hot night air. A passing train whistles off in the distance. A pale sliver of moon, the only light for miles.

Gripping the steering wheel is Stevie Rourke. His eyes gaze straight ahead. A former staff sergeant in the United States Marine Corps, he's forty-four years old, six feet six inches tall, and 249 pounds of solid muscle. A man so loyal to his friends and family, he'd rush the gates of hell for them, and wrestle the devil himself.

Hank Rourke, trim and wiry, younger by only a few years, with a similar devotion but a far shorter fuse, is sitting shotgun—and loading shells into one, too.

"We're less than 180 seconds out," Stevie says.

Hank grunts in understanding.

The two brothers ride in tense silence for the rest of the brief trip. No words needed. They've discussed their plan and know exactly what they're going to do.

Confront the good-for-nothing son of a bitch who killed their fifteen-year-old nephew.

Stevie and Hank both loved that boy. Loved him as if he were their own son. And Alex loved them both back. Molly's worthless drunk of a husband had taken off when the boy was just a baby. But no one had shed any tears. Not then, not since. Molly reclaimed her maiden name for her and Alex. The whole Rourke family was already living together on their big family farm, and with no children of their own, Hank and Stevie stepped right up. The void left by one lousy father was filled by two incredible uncles. And Alex's life was all the better for it.

Until today. When his life came to a heartbreaking end.

Both brothers dropped everything as soon as Molly called them. They drove together straight to the high school, their truck rattling along at over a hundred miles per hour. They were hoping for the best....

But had prepared themselves for the worst.

The doctors and sheriff's department are treating Alex's death as an accident. At least for now. Just two kids being kids, messing with shit they shouldn't have been.

But it was an accident that didn't have to happen.

And somebody is going to pay.

Their destination soon comes into sight: a cluster of low-slung wood and metal buildings that seem to shimmer in the still-scorching desert heat. Hank surveys the area with a pair of forest-green binoculars.

"Don't see anyone on patrol. Maybe we can sneak up on him after all."

Stevie shakes his head.

"That bastard knows we're coming."

The Jeep comes to a stop in front of a rusty padlocked gate on the perimeter of the property, dotted with dry shrubs and scraggly trees. At the end of a short driveway sits a tumble-down little shack.

The man they've come for lives inside.

Stuffing his Glock 19 into his belt behind his back, Stevie steps out of the Jeep first—and the blistering desert air hits him like a semi. Instantly he's flooded with memories of the nighttime covert ops he ran in Desert Storm. But that was a distant land, where more than two decades earlier he served with honor and distinction.

Tonight, he's in Scurry County, Texas. He doesn't have an elite squad to back him up. Only his jumpy little brother.

And the stakes aren't just higher. They're personal.

"Lay a hand on my gate, Rourke, I'll blow it clean off."

Old Abe McKinley is standing on his farmhouse porch, shakily aiming a giant wood-handled Colt Anaconda. With his wild mane of white hair and blackened teeth, he either looks awful for seventy-five, or like total shit for sixty.

But Stevie doesn't scare easy—or back down.

"I want to talk to you, Abe. Nothing more."

"Then tell your baby brother to be smart. And put down his toy."

"If you tell your folks to do the same."

Abe snorts. *Not a chance.*

Stevie shrugs. Worth a try. "Then at least tell 'em," he says, "to quit pretending to hide."

After a reluctant nod from the old man, Hank tosses his pump-action Remington back into the Jeep. Simultaneously, fourteen of McKinley's goons, hidden all around the compound, slowly step out of the shadows. Some were crouched behind bushes. Others, trees. A few were lying prone in the knee-high grass that covers most of McKinley's two dozen acres.

Each man is wearing full hunting camo and a ski mask, and clutching a semiautomatic weapon.

Stevie was right. The bastard sure *did* know they'd be coming around here.

"Now, then." Stevie clears his throat. "As I was saying—"

"Sorry to hear about your sister's boy." McKinley interrupts. Not one for small talk. He spits a thick squirt of tobacco juice into the dirt. "Tragedy."

Stevie swallows his rage at the intentional sign of complete disrespect. "You sound real cut up about it. *About losing a first-time customer.*"

McKinley betrays nothing. "I don't know what you mean by that. If you're implying I had anything to do with—"

Hank's the one who interrupts now. Can't keep his cool like his brother.

"You got four counties hooked on the crystal you cook!"

he shouts, taking a step forward. McKinley's men raise their guns, but Hank doesn't flinch.

"You're the biggest player from here to Lubbock, and everybody knows it. Means one of y'all"—Hank glares at each of the armed men, one by one, their fingers tickling their triggers—"sold our nephew the shit that killed him. Put a live grenade in the hand of a child!"

McKinley just snarls. Then turns and starts heading back inside his house.

"Stevie, Hank, thanks for stopping by. But don't do it again. Or I'll bury you out back with the dogs."

Like a shot from a rifle—*crack!*—the screen door slams shut behind him.

4 MINUTES, 45 SECONDS

TOMORROW MARKS TEN weeks to the day my son Alex died before my eyes.

I can't believe it. It feels like barely ten minutes.

I can still remember so clearly the pair of fresh-faced paramedics who rushed into the hallway and lifted him onto a gurney. I remember the breakneck ambulance ride to the county hospital, all those machines he was hooked up to, clicking and beeping, me clutching his clammy hand, urging him to hang on to his life just as tight.

I remember when we arrived and the EMTs slid out his stretcher, I saw the comic book Alex had in his back pocket. It got jostled and fluttered to the ground. As he was wheeled away into the ER, I stopped to scoop it up, and then frantically ran after them.

I screamed and waved it in the air like a madman, as if they were army medics carrying a blast victim off a battlefield and had left behind his missing limb. Of course I wasn't thinking straight. How could any mother at a time like that? I kept wailing and bawling until finally one of the nurses took hold of those few dozen colorful pages and promised to give them to my son.

"When he wakes up!" I said, both my hands on her shoulders. "Please!"

The nurse nodded. And smiled sadly. "Of course, ma'am. When he wakes up."

Two days later, that crinkled comic book was returned to me.

It came in a sealed plastic bag that also held my son's wallet, cell phone, and the clothes he was wearing when he was admitted, including his Converses wrapped in duct tape and his old pair of Levi's.

Alex never woke up.

My brother Hank suddenly jars me out of my dazed memory—by punching the kitchen wall with his meaty fist so hard, the framed pictures and hanging decorative plates all rattle. He's always been the hotheaded one. The firecracker in the family. Tonight is no different.

"The Rourkes have owned this land for three generations!" he shouts. "No goddamn way we're gonna lose it to the bank in three months!"

Before any of us can respond, he punches the wall again— even harder—and an antique piece of china that belonged to our late grandmother Esther Rourke slips off its holder and smashes into pieces.

Debbie, Hank's bubbly blond wife, gasps in horror. But I

couldn't care less. It's just a thing. An object. Sure, it had been in our family for years, but today our family itself is shattered. My *heart* is shattered. Who cares if some stupid old plate is, too? In fact, I'm happy to clean it up. Happy for a distraction from all the yelling and cursing and arguing of the past hour—which I hope we can wrap up in a few more minutes.

But before I can fetch a broom, Stevie takes my shoulder.

"Walk us through it one more time, Molly," he says. "It's one hell of a plan."

I can't deny that. On the surface, it sounds reckless. Crazy. Nearly impossible.

But I've had plenty of time to think over every last detail. And I believe with every piece of my broken heart that we can do it.

We *have* to do it.

See, well before Alex passed, the bank had been calling—sometimes twice, three times a day. The notices were piling up. Stevie, Hank, their wives, and me, we all scrimped as best we could. Even Alex, my big man, my baby, had been handing over the crumpled five-dollar bills he earned mowing Mrs. Baker's lawn down the road.

But it wasn't enough. The payments, the interest—I knew we'd never be able to cover it all. We'd keep slipping further and further behind. I knew it was only a matter of time before we lost our home for good.

And then, we were faced with a totally unexpected additional expense, which sped the process up even more.

The cost of my only child's funeral.

So now, in just ninety days, the ten-acre farm our family has called home for so long will become the legal property of First Texas Credit Union. Unless we put my "hell of a plan," the one I'd been mulling over for months, into action.

And, by the grace of God, pull it off.

"Save your breath," Hank says to me. "It's madness, Molly. Pure and simple."

Again I can't deny that. At least under normal circumstances, I can't.

"Desperate times," says Stevie's wife, Kim, with a quiet intensity. A military daughter and spouse, she's a wise brunette beauty, no stranger to hard choices. Over the last twelve years that she's been married to my oldest brother, she's become the sister I never had. When it became clear that children of their own weren't in the cards, she could have gotten resentful. Bitter. Instead, Kim directed all that excess love toward Alex. She was the only one of us, for example, who had the patience to teach him to ride a bike, a hobby he kept up until his last days.

"I wanna know what *he* thinks," Hank fires back, pointing at the man who's been sitting in the adjacent dining room, sipping iced sweet tea with lemon, listening patiently this whole time, barely uttering a word. "If *he* says it's crazy, you *know* it's gotta be—"

"Doesn't matter," I say. "This is family-only. Either we're all in, or we're all out. Right on our asses, too."

My brothers and sisters-in-law chew on that. So do Nick

and J.D., two retired Marines Stevie served with in the Middle East so long ago, who became as close as blood. Especially in recent years, they'd become like big brothers to Alex, taking him on hunting and fishing trips for some critical male bonding. They were in the second row at his funeral, two burly ex-soldiers dabbing at their eyes.

I explain one final time exactly what I'm proposing. My plan is a long haul with short odds. It might cost us everything. But doing nothing *definitely* would.

After a tense silence that feels like it goes on forever...

"In," Stevie says simply. Marines don't mince their words.

"*Semper fi,*" says Nick, stepping forward. He and J.D. both give stiff salutes.

Kim clasps her husband's hand. "That makes four, then."

Debbie nervously twirls her yellow locks, blinking, unsure. I like Debbie—or, should I say, I've *grown* to like her. We probably wouldn't be friends if she weren't married to my brother. Debbie's sweet, but timid. Tries a little too hard to please. She'd rather go with the flow than rock the boat, especially when her husband's in it. She looks to Hank for guidance; she doesn't get it. So she does something surprising. She goes with her gut.

"This place, after all these years...it's become *my* home, too. I'll do it."

Hank throws up his hands. He's the final holdout.

"You're asking me to pick my family or my conscience. You understand that?"

My eyes flutter to a framed, faded photograph on the wall of Alex at age six. He's sitting in a tire swing hanging from the branch of a giant oak tree on our farm, smiling a gap-toothed grin. He looks so little. So happy. So innocent.

So alive.

"Sounds like an easy choice to me," I say.

At last, with a heavy sigh, Hank nods. He's in, too.

And so the vote is unanimous. *My plan is a go.*

"Just one little problem," Debbie says nervously, bending down now to pick up the pieces of the antique plate her husband broke.

"Where are we gonna get seventy-five grand to pull this thing off?"

5 MINUTES, 35 SECONDS

IN THE TEN weeks since my son died, I've probably slept less than ten hours.

During the days I'm bone-tired, shuffling from room to room like a zombie. But at night, rest rarely comes. I toss. I turn. I pray. I cry.

My mind keeps replaying my every memory of Alex over and over on a loop. But they're never chronological. They always jump around.

First I might remember watching him when he walked across the stage in his adorable little cap and gown for his kindergarten "graduation" ten years ago.

Then I might think of the joyful look on his face the time he scored a winning goal for his junior-high soccer team.

Then I might see him taking his first tottering steps in the kitchen of our farmhouse.

The same farmhouse my family and I have lived in for decades upon decades.

The same one that could be taken away from us very soon.

Right now I'm lying in bed, sweating through the sheets thanks to the west Texas air, still blasting strong at 1:10 a.m., according to the old clock radio next to my bed.

But I'm not thinking about Alex.

Instead I'm jumpy with nerves. My entire family, nuclear and extended, blood and not, has just agreed to my "hell of a plan." It still hasn't fully sunk in. Tomorrow we start putting it into—

Hang on. I hear something. Outside. A metal *clank,* distant but distinct.

Having been awake most nights for over two months, I've gotten familiar with the sounds at these hours. Like crickets. The occasional coyote howl. Other than that, there *aren't* any sounds. Our farmhouse sits on ten secluded acres.

Maybe it's just an animal. Or maybe…it's an intruder? Or maybe I'm just hearing things, my mind is just playing—

Clank.

There it is again. I have to find out what it is.

I slip out of bed and into some slippers. Then I creep down the hall.

I pad right past the shut door of Alex's room, which I haven't set foot in since the day he died. I don't know when I will again. Maybe never.

I reach Stevie and Kim's bedroom, give the door a knock, then slowly push it open. (They moved back in about two years ago, after Stevie's hours at the oil refinery were cut, to help defray living expenses for all of us.)

Kim is dozing soundly, but next to her is empty space. *Great.* He's probably out with Hank, Nick, and J.D., tossing back a few, something they've been doing more lately to help numb their grief. But what's the point of having your retired Marine big brother sleep under the same roof as you if he's not sleeping there when you need him?

Fine, I'll do it myself.

I tiptoe downstairs and head for the kitchen. I pass through the doorway, which is "decorated" up and down with lines marking various Rourke family members' heights over the years. And not just Alex's. Mine and my brothers'. My late father, John. My aunt Anna and cousins Matthew and Jacob. Generations of us.

But I don't have time to be sentimental. Not now.

Not when I'm in danger.

An emergency flashlight sits on top of our old, humming refrigerator. Wedged behind the fridge is an even older Ruger bolt-action hunting rifle.

I take both.

I unlock the front door, step outside, flip on the flashlight, and survey our driveway and front yard. Everything looks normal. All sounds quiet. I exhale, relieved. Maybe I'm so exhausted, I really am starting to—

Clank.

No, there it is again. I'm sure of it. Coming from *behind* the farmhouse.

Gripping the flashlight and gun tightly, I slowly stalk

around the side of the house, trying to crunch the dry grass as little as possible so as not to give away my position.

I reach the backyard now, where I haven't been in weeks. No sign of anyone. Not near the house, at least. But then my flashlight glints suddenly off something metal and blue leaning against the back porch.

It's Alex's dirt bike, untouched in ten weeks.

A lump forms in my throat. The pain is still so fresh. But I quickly push it out of my mind—when I hear another *clank* echo from farther out on the property.

I start following the dirt path that winds along the fields, toward our old barn. Crickets bombard my ears. Mosquitoes gnaw at my face. But I keep going, rifle aimed and ready… even when I reach the old tire swing hanging from that giant oak tree. The site of that framed picture of Alex I love so much. My eyes burn.…

But I hear yet another *clank*. Even louder now.

I'm getting close. But to what?

Finally I see something strange. *Light.* Coming from inside our ancient woodshed, peeking through the cracks. The shed is rotting and practically falling apart. Plus, it doesn't have a power line running to it—so where's the light coming from?

I carefully approach. The door is open just a crack. I hear the hum of a diesel generator powering what I think is a set of work lamps. I can barely make out a male figure, backlit, hunched over what looks like a bumper.

I'm so confused. A strange car? A generator? What the hell is it?

I ready my rifle—when I accidentally bump the door with the muzzle.

The figure spins around. I get ready to shoot.

It's my brother.

"Stevie?" I say, throwing open the door, just as surprised as he is.

"Jesus, Molly! I almost jumped out of my skin."

I enter the shed and look around. Up on cinder blocks is what appears to be a 1990s-model Ford Taurus, a silvery blue, badly rusted one. Its hood is open, its engine in a state of chaos, tubes and wires lying everywhere.

"What the hell is all this? It's one o'clock in the morning!"

Stevie glances down at his watch. "1:15," he says a little sheepishly.

Has it only been a few minutes since I crept out of bed? It feels like closer to an hour.

Stevie looks away and starts wiping grease off his hands with an old rag. He seems embarrassed, like a little boy caught sneaking candy before dinner.

"I…I don't understand, Stevie. Whose car is this? Where did it come from? What were you…?"

I trail off when I start to piece it together.

Alex's sixteenth birthday is—well, *was*—just a few months away. He'd be getting his driver's license.

And metallic-blue was his favorite color.

That lump in my throat comes back with a vengeance.

"Buddy of mine from the refinery had it sitting on his front lawn," Stevie explains. "Few months ago, I gave him a hundred bucks for it. When Alex was at school one day, and you were off at the market or somewhere, I had it towed. Then me and Hank pushed it into the shed. I've been working on it here and there since."

Stevie pauses, then somberly runs his hand along the rusty blue siding, like a horseman saying good-bye to a beloved steed that has to be put down.

"I was gonna surprise him. Surprise both of y'all. But tonight…after we talked…I couldn't sleep, either. Figured I should finally start stripping it for parts."

I know my brother isn't much of a hugger, but I can't help myself. I wrap my arms around his giant frame and hang on as tight as I can. He embraces me back.

"He would've loved it so much," I say.

We pull apart, a little awkwardly. Stevie looks at his watch. "I should probably get some shut-eye. I can finish this up over the weekend."

But as he starts putting away his tools, I look over the car and get an idea.

"Not so fast," I say. "You really think you can get her running again?"

Stevie nods.

"'Cause you heard my plan," I continue. "First thing we're gonna need…is a getaway car."

4 MINUTES, 25 SECONDS

I'D NEVER AIMED a gun at another person before.

"This ain't a toy, Molly," my father told me the very first time he taught me to shoot, passing his old Smith & Wesson Model 10 from his rough, giant hands into my soft, tiny ones. "Unless your life's in danger, don't never point it at nobody. Hear me? Else I'll slap you so hard, your pretty eyes will pop right out of your skull."

It was a warning I never forgot.

As I hold that same S&W now, feeling the cold wooden grip in my palm, I can hear my father's words. What would he think if he knew what I was planning?

I wasn't just about to point the weapon at another person.

I was going to wave it around at *many*.

And threaten their lives.

"It worked!" Hank exclaims, a nervous grin creeping across his face.

Of course it did. I thought of the idea myself.

Hank is sitting in the driver's seat of a recently refurbished

1992 silver-blue Ford Taurus that has since been repainted black and has had its license plates removed and VIN numbers all scratched off. "They're calling in backup," he continues. "Y'all should go now if—"

"Hush," snaps Stevie, from the back.

We're all listening closely to a police scanner resting on the dash. I can't make heads or tails of all the squawking and static. Thankfully my brothers and Nick and J.D. can. And apparently, they like what they hear.

"Here comes the cavalry," says J.D.

And just like that, I hear a distant police siren. Then another. Then the glaring whine of a fire truck. The shrill alarm of an ambulance.

More voices crackle over the scanner, frantic. I manage to pick out a few words: "courthouse," "suspicious package," "evacuation," "all available units."

"Masks on," Stevie orders. "*Now* we go. And remember: in and out, *four minutes*. Just like we practiced."

The five of us don the cheap rubber Halloween masks we've been holding, each the cartoonish face of a different former president. Me, Stevie, Hank, J.D., and Nick become Lincoln, Washington, Nixon, Reagan, and Kennedy.

Hank stays behind the wheel of the parked car as the rest of us get out. I'm tingling with nerves as we cross the quiet street. And ready our weapons.

Five ex-presidents are about to rob a bank.

We burst in through the Key Bank's front entrance—and

Stevie immediately blasts a deafening round of buckshot into the ceiling.

"Hands up and keep 'em high!"

We quickly spread out and take our positions, just like we'd rehearsed multiple times in the old barn back on our farm, three big counties away.

People scream and panic—but obey.

Nick barks at the young, dumb security guard: "That means everybody!"

The kid must be barely out of high school—*just a few years older than Alex was,* I can't help but think. The way his baggy uniform hangs off his rail-thin frame, he looks like a child playing dress-up with his daddy's clothes. He flashes Nick a filthy look but meekly raises his hands.

So far, so good.

"Start emptying your drawers," Stevie orders the three tellers. J.D. tosses each of them a burlap sack.

Then my brother turns to the stunned branch manager, a sweaty middle-aged Hispanic man in a cheap tan suit and bolo tie. "*We're* gonna go open the vault."

Stevie accentuates his point with a pump of his shotgun.

"Not a problem," the manager gulps, then adds with a shaky smile, "Mr. President." He and Stevie disappear into the back office.

J.D. watches over the tellers hurriedly stuffing cash into the brown bags.

Me and Nick keep our guns on everyone else, all frozen like

statues reaching toward the sky. I realize the pimply-faced security guard's pistol is sitting in its holster.…

But it's the patrons I'm worried about more. After all, this is Texas. I'd bet a few are packing concealed heat.

Last thing we need is for one of them to decide to use it.

Through the eye slits of my hot, sticky rubber Lincoln mask, I keep scanning these fifteen or so unlucky folks. The older African American married couple, the man whispering comforting words to his whimpering wife. The trashy-beautiful young white girl, maybe a cocktail waitress, maybe a stripper, still wearing her stilettos from the night before, holding the wad of one-dollar bills she was planning on depositing. The sixty-something balding fat man with the suspicious bulge under his leather jacket, and the darting eyes of a military veteran.

Any one of these people could mean trouble. (The sight of any mothers with children in the bank would be the kind of trouble I don't know if I could handle.) I keep scanning the group, looking for the tiniest hint of it. *Praying I don't see it.*

Then two more police sirens echo in the distance.

"Did one of y'all hit your panic button?!" J.D. angrily asks the tellers.

The bankers shake their heads. Yet they and the customers look hopeful as a cop car whizzes by outside…but keeps driving. J.D. smirks.

"'Course one of you did. Probably *all* of you. But it don't matter. Plainview PD's a little tied up right now."

Still, I steal a glance at my watch. Since we left the car, it's been three minutes, twenty-six seconds. In and out in *four,* tops—that was how we practiced it. Distracted across town or not, the law is going to show up eventually.

And if they do, God help us.

What in the hell is taking Stevie so long in the vault?

My breathing starts to pick up. The sweat on my brow I can't wipe away stings my eyes. This plan—*my* plan—was supposed to be foolproof....

"Let's roll!" I hear my older brother shout.

Finally.

Still holding the manager at gunpoint, Stevie emerges from the back office. A small black duffel bag, bulging with bills, is slung over his shoulder.

"Pass 'em over, come on!" J.D. commands the tellers, quickly collecting the burlap sacks.

Nick and I give the cowering patrons and jittery security guard one final look.

Then the presidential bandits head for the entrance.

Holy shit, I think. *We pulled off step one!*

Outside, the coast looks clear. Hank is just rolling up in the black Taurus.

The vehicle that was supposed to be my son's first ride...*is now our getaway car.*

I push open the bank's door.... We're so close....

When I hear behind us a trembling voice—and the chambering of a bullet.

"Don't move or, or...I'll shoot!"

15 SECONDS

I STOP IN my tracks and glance back. We all do.

Goddamnit.

That scrawny security guard had decided to play hero.

"Bad move, son," says Stevie, real low, turning slowly around.

"I said don't…don't move! I swear I…I'll shoot *all* of y'all!"

It's five against one. Not likely. But the black SIG Sauer in the guard's freckled hands is shaking so much, I'm worried he might drop it—and God knows who a stray round might hit or what might happen next.

I hate to admit it, but part of me feels almost bad for this young man. Maybe it's my maternal instincts. Maybe it's how close in age he is to Alex. I know he's standing in our way to freedom. I know he could ruin everything. But still…

"Put…put down your weapons!" he stammers.

Stevie raises his voice. "Gonna give you one more chance to let us walk."

But the guard doesn't blink. "No, see, I'm gonna give *you* one more chance—"

"We ain't got time for this shit!" J.D. snaps.

He's right. *Every second we waste…*

And Stevie knows it. So he acts fast.

In a flash, he drops to his knees and takes aim at the guard over his duffel bag.

The guard panics and shoots—clear over Stevie's head—shattering one of the glass doors behind us.

Stevie fires a single shotgun blast into the bank's wooden floor—intentionally strafing the kid's right foot.

The guard groans and hunches over. His pistol clatters to the floor.

"You just got shot for bank money," Stevie says. "Sorry about that."

Then the four of us book it like hell.

We pile into the black Taurus. I've barely shut the door before we're burning rubber.

We did it! I think, ripping off my hot, slimy Lincoln mask, adrenaline still coursing through my veins.

And all told, it was easier than I thought.

Now comes the hard part.

5 MINUTES, 5 SECONDS

"**GODDAMN, THESE ARE** some tricky sons of bitches."

Special Agent Mason Randolph barely nods at the observation—because he'd reached that same conclusion hours before he even stepped foot inside the bank.

He came to it before his team boarded the Bureau-owned Gulfstream bound for Plainview. Before he even took his cowboy-booted feet off his desk on the third floor of the FBI's El Paso field office.

As he told his colleagues as they sped toward the local airfield, sirens blaring, Mason was aware they were dealing with some smart-as-hell bank robbers the moment he heard about the simultaneous bomb scare on the other side of the city.

But that didn't worry him. In fact, he was *looking forward* to the challenge.

Mason had built his meteoric eighteen-year career at the FBI by cracking the Southwest's toughest cases. Serial killers. Kidnappings. Drug trafficking. *Human* trafficking. Both bank robberies and potential terrorist threats—

though never a deliberately fake one, and never together in the same case.

Mason knew the region better than anybody in the Bureau. The land, the people, the culture, the criminals. And he knew how to use all that to his advantage.

He also knew just how much he'd sacrificed throughout his life to get where he was today. At forty-one, tall and handsome, with a full head of thick, wavy brown hair, he'd had plenty of girlfriends, but none of them turned into a wife.

He'd had plenty of "kids," too—*crime victims,* that is. Countless innocent people, both living and dead, toward whom he'd felt sympathetic, protective, almost fatherly.

It wasn't the same as having a family of his own. Not even close. He knew that. But solving the trickiest crimes, putting away the worst of the worst—it was worth it to him. That's just who Mason was.

Today's bank robbery/bomb threat wasn't going to be any different.

While their plane was cruising over the Texas desert, Mason and his team reviewed the facts.

Earlier that morning, a suspicious package was discovered outside the Hale County Courthouse. It turned out to be empty—except for a handful of Tannerite, a legal explosive used to make novelty exploding gun-range targets. But that was enough to get a state-police bomb-sniffing dog barking. The entire block was evacuated. Every cop, sheriff, and ranger in the county was tied up for hours.

Meanwhile, not two miles away, four armed men wearing gloves, hunting camo, and Halloween masks of four ex-presidents waltzed into a Key Bank and waltzed out with over eighty large. They disappeared into the scorching desert before the local dispatcher could find a free unit to respond.

Yep, these bad guys were smart.

"Tell me something I *don't* know," Mason replies to Texas ranger John Kim, the FBI's local case liaison, as both men step around the bank's shattered glass entrance.

Born, raised, and employed in the Lone Star State his whole life, Mason has met thousands of Texas lawmen of every stripe. But a paunchy, bedraggled Korean American one with a drawl as thick as tar was a first.

"I think that's *your* job, agent. You're the boy wonder, from what I hear."

Mason steps farther into the stiflingly hot lobby. The air-conditioning had been switched off to preserve possible evidence—which also preserves the triple-digit heat.

The agent doesn't want to spend more than two, maybe three uncomfortable minutes inside, tops.

But that's all he needs.

He scans the crime scene with squinted blue eyes. He notices two spent shotgun shells and two clusters of buckshot. Some are embedded in the ceiling tile, others near a splotch of dried blood on the marble floor.

"I'd normally suggest sending those shots to the lab," Kim says, "but why waste the taxpayers' money?"

Mason knows what the ranger's getting at. The inside of a shotgun is smoothbore. Unlike with a bullet, running ballistics on recovered buckshot or casings is almost always a total wash.

But Special Agent Mason Randolph cuts no corners, spares no expense.

"I wish I had superpowers like you, ranger," Mason says, rolling his eyes. "You can tell just from *looking,* we won't be able to pull any prints, any fibers, any DNA. Should we bother running tests on that dummy bomb by the courthouse?"

Kim sucks his teeth. Doesn't appreciate the sarcasm. Doesn't like being called out for an oversight, either.

"I heard you watched the security tapes," Kim says. "In that case, it almost wasn't worth y'all making the trip. Get anything on the suspects besides their heights and builds?"

Mason nods. "Rubber."

Kim gives the agent a funny look. "Say again?"

"Their masks," the agent explains. "It's the only lead we've got. For now."

He continues: "Witnesses say the four men had real west Texas accents. Impossible to fake to a room full of locals. Which tells me our bad guys hail from nearby. If your men want to help, tell them to start canvassing every knickknack and party-supply store for a hundred miles. Halloween's a long way off. Find me some political junkies who purchased their costumes five months early. In cash."

Kim is plenty impressed by Mason's creativity. And ingenuity. It's an unorthodox angle he would never even have considered, let alone thought to pursue so aggressively. But the ranger also can't hide his skepticism.

"Far be it from me, Agent Randolph, to question one of the most formidable Feds in all the Southwest...."

"Then why do I feel like you're about to do just that?"

Kim forges on. "You're asking for a miracle if you think—"

"Here's what I think," Mason fires back. "We've got five felons on the loose, who disappeared right under our noses. Who set a trap that *all* of us stepped right into. Who, as my colleagues at the Department of Homeland Security reminded me on a conference call as we drove in from the airport, are smart enough to build a fake bomb—and Jesus help us if they ever decide to make a real one."

Kim frowns. "Fair enough. But starting with their masks? All I'm saying, that's haystack-and-needle territory. And you know it."

If Mason does, his poker face doesn't betray it.

"When we find that needle, Ranger Kim—and we *will*," Mason responds. Five minutes in the roasting bank lobby is far too long. "Watch you don't get pricked."

45 SECONDS

IN 1933, MY great-grandfather Joseph Rourke built the sturdy oak table that has stood in our farmhouse kitchen ever since. He probably imagined his descendants sitting around it sharing meals, stories, and laughs.

He probably *didn't* imagine them sitting around it counting out a small fortune, one that was stolen at gunpoint from a bank earlier that morning.

"Eighty-two thousand one hundred seventeen dollars!" Hanks exclaims after triple-checking his arithmetic. "Eighty-two thousand and one hundred seventeen goddamn dollars!"

A bunch of gasps and laughter fill the room. But I can't make a peep. The shock, the relief, and the thrill are overwhelming. The experience is out of this world.

"It's wild seeing all that money in one place," says J.D., in total awe.

"Crazy how *little* it looks," Nick adds, helping Hank arrange all the rubber-banded stacks of bills together into a pile no bigger than a couple of phone books.

He's right. In the movies, the bad guys' bounty is always stacked to the ceiling.

But this is real life. And incredible things seem to always come in small packages.

Then again, in the movies, the bad guys—that would be us, crazy as that is to admit—get caught in the end. There's always some tough, good-looking, plays-by-his-own-rules cop out there who'll stop at nothing to bring them to justice.

But like I said, this is real life. What we're doing is too big. Too important. It's for our home. It's for our livelihoods.

It's for my dead son.

My plan is perfect. Getting caught—that's just not going to happen to us. It can't.

Or can it?

Stevie seems to be reading my mind. He picks up the notepad Hank had been using to scribble his figures on. He brings it over to the stove, lights a burner, and drops the pages into the flickering blue flame. They transform from evidence into ash in a matter of seconds.

"When'd you last use this thing, Molly?" Stevie asks with a little smile, running his finger along the top of the oven through a film of old grease and dust.

I answer quickly and quietly. "Eighty-nine days ago."

The instinct of my brother and his friends is to chuckle—until I explain that number's significance.

"I guess I just haven't felt much like cooking since Alex died." Which sucks the air right out of the room.

I feel a deep pain in my gut as the memory of him seeps back into me. It's still so fresh, so raw. So real.

But I also feel sorry for ruining the festive mood. For putting a damper on a celebration we all desperately need. My oldest brother picks up on that immediately.

"How's Taco Bell sound?" Stevie asks. "I'm buying. Double Decker Supremes for everybody!"

The gang gets happy and rowdy again.

"Make mine a gordita—no, a chalupa!"

"Fresco Chicken for me!"

"Gotta throw in some nachos, bud!"

"Hell *no!*" I interject, brandishing a cast-iron skillet high above my head. "You bet your asses we're having tacos tonight. But they're gonna be homemade."

My family likes this idea even more. And so do I.

I still miss my precious baby boy every second of every minute of every day.

But I've missed cooking for all the other people in my life I love, too.

So tonight, for the first time in nearly thirteen weeks, dinner on the Rourke family farm looks almost normal again.

1 MINUTE

SOME SAY MIDNIGHT is the scariest hour to be in a cemetery.

They're wrong.

The scariest time is the first light of dawn. Because there's nowhere left to hide. From your grief. *From yourself.*

I just couldn't fall asleep last night. (But what else is new?) I'm sure the buzz from the morning's bank robbery was part of it. But maybe my guilt was, too. Not guilt from committing any crime. Guilt about feeling the tiniest flicker of happiness again. Of hope. We could save the farm.

That my "hell of a plan," as Stevie once called it, might work.

I was still tossing and turning when the old clock radio beside my bed read 2:30 a.m. Normally I'd tough it out and keep lying there till dawn, when I'd finally decide to drag myself out of bed and officially start my day.

But last night felt different. I *couldn't* just keep lying there.

I had to get up now. Had to go somewhere. And I knew exactly where.

I hopped in my truck and drove the twenty-six miles to Trinity Hills Cemetery. I parked outside the front gate and walked the rest of the way in on foot.

I'd visited this place more times than I could remember. At least once every day since the funeral. Sometimes twice. On some occasions, I might stay for just a minute. Others, I might linger for hours.

I knew last night would be the latter.

As I neared Alex's resting place, my flashlight casting long, eerie shadows, the first emotion I felt was rage.

Someone left trash at my son's grave!

But as I got closer, I identified the pile of wrinkled papers strewn at the base of his headstone.

It was a stack of comic books.

Alex and his comic books. How he loved them. How his bedroom was stuffed to the gills with them, a library of illustrated stories of daring and adventure.

I figured some of his friends must have visited yesterday and left them there. That thought melted my heart.

Because Alex *adored* his friends. Even more than comics. Camping with them, shooting old bottles and cans with them, riding that blue dirt bike around with them—the one that's still leaning against our back porch. The one I still can't bring myself to move.

And his friends loved Alex right back. Sometimes, when

he'd have a few pals stay the night, I'd creep down the hall and stand outside his bedroom door. Not to eavesdrop, just to hear them laugh.

Is there any sound more perfect to a parent's ear than her child expressing joy?

These memories and so many others came flooding back to me all night long. For the past three hours, I stood, sat, paced, knelt, prayed, and cried—oh, did I cry—at the grave of my fifteen-year-old son.

But now, I start to realize the sky has changed from inky black to glowing blue. *Alex's favorite color,* I can't help but think. I hear birds begin to chirp. I look down at my cell phone. It tells me it's nearly six o'clock. In just a few minutes, this dark cemetery will be flooded with warm light.

I'm not ready for that. Not even close.

I have to get home. I have a lot more work to do.

I've only just begun.

1 MINUTE

I'VE BEEN CROUCHING and crawling with Stevie through prickly three-foot-high shrubs for the last hour. My whole body hurts like hell.

My back aches. My knees and wrists throb. Every inch of exposed skin is either drenched with sweat or scratched up by the bramble or bitten pink by mosquitoes.

But I forget all about the pain—*when I remember why I'm here.*

Step two of my plan will happen in less than a week, just a few hundred yards from where we're both hidden now: the outskirts of Golden Acres Ranch, a sprawling horse farm not far from the Texas–Oklahoma border.

Tonight, the place is teeming with some of the area's wealthiest families. Pony rides and circus performers for the kids. Grilled lobster and bubbly for the adults.

It sure is one fancy way to celebrate the Fourth of July.

And the perfect cover for me and my brother to stake the place out.

God help us if we get caught.

"I count six—no, seven—exits on walls three, four, and five," whispers Stevie, peering through the slender scope he borrowed from the top of his hunting rifle.

He's checking out the giant beige stable in the center of the property. It's not the long, slender kind I'm used to seeing. With elegant stone columns and pristine white gables, it looks more like a massive open-air mansion.

A whole lot of money passes through Golden Acres. More than goes through most *banks* in this part of the state—especially at auction time.

And we'll be coming for every penny.

"Can you make out the other walls?" I ask, still scribbling Stevie's observations in a tiny notepad, struggling to see my chicken scratch in the pitch dark.

Stevie glances at his watch. "I will any second now..."

Before I can ask what he means—*boom!*—an explosion shatters the quiet night. My heart jumps into my throat. Then a second. *Boooom!* A third. And then...

Fireworks light up the evening sky.

They light up the rest of the stable, too.

As the crowd oohs and ahs, Stevie rattles off more details about the barn. Like the positions of more exits. Their lines of sight. The locations of security cameras. The positions of plainclothes security *guards.*

I write down every word. What we've got in store for this place will make the Key Bank heist look like a cakewalk. We can't be too careful or too prepared.

"All right, that does it," Stevie says. "Let's use the noise for cover and split."

Fine by me. We slowly turn around in the brush and begin inching back the way we came, toward the road. We've barely made it a couple of yards....

"Over there!"

I hear a young man's voice. Then footsteps. Coming up on us fast.

Shit. Stevie gives me a look: *Stay still, stay calm....*

My breath catches in my chest. I crouch down even lower in the spiky shrubs. I slowly crane my head to see who's spotted us. Golden Acres security? Police?

Then I hear a girl's *giggling.* And I relax.

It's just two teenagers, sneaking off to fool around.

They collapse onto a hilly patch of grass nearby, kissing and groping, clueless that two fledgling criminals are so dangerously close.

As my brother and I scamper away, I can't help but think: *Next time, we won't be so lucky.*

1 MINUTE

AS A FORMER Miss Scurry County for three years in a row, I know a few things about putting on makeup. I've been dolling myself up going on three decades.

But this is the first time I've applied it on someone else.

"Quit twitching," I say, dabbing a glob of brown cream and smearing it all around. "You made it through Parris Island, you can deal with a little foundation."

That's right. I'm putting ladies' makeup on my retired-Marine big brother.

The rest of the room chuckles—Hank, Nick, J.D., and my sisters-in-law, Kim and Debbie. The mood is tense, and I figured we could use a little laugh.

"Don't pretend you've never tried to look pretty before, Sergeant," J.D. cracks.

More laughter. Except from Stevie. "Very funny…*Corporal.*"

I pick up an eyebrow pencil. "How about giving me a big *fake* smile, at least?"

My brother flashes a toothy grin, scrunching his face up

tight. Hank, Nick, and J.D. are all doing the same while Debbie and Kim apply *their* makeup.

I rub my dark-brown pencil up and down Stevie's laugh lines, his forehead wrinkles, his crow's feet—accentuating every nook and cranny as naturally as possible. I add a few liver spots for good measure.

I'm not trying to make my brother look good.

I'm trying to make him look twenty-five years older.

We're gearing up for our hit on Golden Acres. But this time, we won't be going in wearing president masks. Just the mugs we were born with.

Completely unarmed, too.

"Good Lord," Debbie says with a laugh. "Is this what I have to look forward to?"

She's finishing Hank's makeup. Her husband actually shaved the top of his head, to make it look like he was balding, and topped it off with a pair of fake Coke-bottle glasses. She holds her compact mirror out so Hank can see for himself.

"Damn...I look just like Pa," he says, blinking in disbelief.

Our father died of a heart attack a few years back at the age of sixty-seven. Hank's not even forty. But in this disguise, the resemblance is spooky.

"No wonder Ma always loved you the least," I joke.

More laughs all around. Then Stevie grabs my hand.

"Come on, Molly. Focus. Clock's ticking."

He's right. I finish darkening his skin and highlighting his wrinkles, making sure all the makeup looks natural and even.

Next comes the wig. Over Stevie's military-style buzz cut I set an unruly tangle of thinning gray hair.

The transformation is complete. And unbelievable.

"Well?" he asks.

"Big improvement," I say. "Never looked this good in your entire life."

Stevie checks his watch, then turns to the two women and three other "old men" standing around our kitchen.

"Debbie, Kim, every brush and pencil you used, burn 'em in the fire pit out back. Nick, you go reinspect the truck. Hank, look over the map and driving routes. Molly, soon as you're finished, join me and J.D. to review the floor plan."

Everyone has a task. Everyone springs into action. Including me.

I still have one last person's makeup to do.

Mine.

7 MINUTES, 15 SECONDS

WE'RE IN RURAL northwest Texas. But squint and you'd swear it was Beverly Hills.

A stream of Beamers, Benzes, and Caddies are pulling up to the main entrance of Golden Acres Ranch. Young parking valets politely open the doors. Out step wealthy ranchers, snooty equestrians, and fat-cat racetrack owners, all dressed to the nines.

Meanwhile, us five "senior citizens" are squished inside the cabin of a red, rusted-out '96 F-150. (It was bought on the whole other side of the state in cash, without a title, then fixed up by my brothers in the woodshed behind our farmhouse, just like Stevie had done for our first getaway car, the one that should have belonged to Alex.)

"Our truck's older than some of the kids they got working here," Hank says, steering our vehicle into the valet line.

"Don't worry," I reply, readying some cash to slip to which-ever valet parks it. "Our money's not."

As we near the front gate, each of us subtly peels off the latex gloves we've been wearing (so we don't leave any prints inside the vehicle) and stuffs them into our pockets.

I can feel the valets and other guests giving us side-eye as our truck approaches. To them, we must look like penniless old fogies who clearly don't belong. We're an annoyance. An eyesore. But beyond that, we don't warrant a second thought.

Which is exactly the point.

"Good evening, sir," says the valet as he opens Hank's door. He's wearing a Golden Acres polo shirt and can barely suppress a grimace at having to deal with us.

I slide out after Hank. "Be a dear," I croak in my best old-lady voice, "and park it somewhere close? My arthritis. I don't care to stand too long on my feet."

Before the valet can roll his eyes, I hand him the money I'm holding. He glances down at it—and perks right up. It's a crisp fifty-dollar bill.

"Yes, ma'am!"

The five of us enter the ranch.

We slip in among the other guests and dodder across the huge lawn toward the giant beige stable where the main event will be taking place. We're almost inside....

"Madam, gentlemen, stop right there."

We're intercepted by a compact man wearing a black ten-gallon hat and chewing an unlit cigarillo. Who does *not* look very friendly. Even without the two meatheads by his side—or the Colt Desert Eagle strapped to his hip—I'd know exactly who he was. (Me and Stevie had done buckets of research on this place, after all.)

It's Billy Reeves, Golden Acres' cocky, cantankerous head of security.

"Y'all don't mind if we take a few…*precautions?* This is a weapons-free facility."

Yeah, right. I know that's a bald lie. Just an excuse to frisk us, hoping to find a reason to kick us out.

But before any of us can even answer, Billy flicks his chin, and his goons start searching us for hidden weapons—patting us down *and* waving metal-detecting wands over each of us for good measure.

But none of us is packing. So they aren't going to find anything.

"Is there a problem, young man?" Hank asks, making his voice soft and scratchy.

"I'm afraid y'all might be in the wrong place. This ain't bingo night." Billy and his boys snicker. The five of us don't react. "It's a private auction. With a required reserve of seventy-five thousand dollars, in bonds or currency."

"My, my!" I exclaim now, acting surprised. "I'm afraid my mind must be going."

I unsnap the leather briefcase I've been carrying.

"I could've sworn it was *seventy-six.*"

It's bursting at the seams with stacks of cash.

Billy's eyes bug out of his head. He grunts and stammers,

pissed at being shown up, especially by an old woman. He and his men march away without another word.

All of us exchange relieved glances.

"Young people today," Hank says, shaking his head, the heavy (fake) wrinkles around the corners of his mouth creasing into a tiny smirk. "No respect for their elders."

The rest of us chuckle, happy for this brief moment of comic relief. *We need it.*

Then we finally enter the stable.

As we make our way through, I catch Stevie glancing around at all the other well-heeled auction-goers. For the first time I can ever remember, he looks a little nervous.

I quickly realize why.

Even to the naked eye, it seems like practically every person here has a suspicious concealed bulge under their jacket or vest—except for us.

So much for a "weapons-free facility."

"Looks like we really are the only folks not carrying," he whispers to me. "You still think we can pull this off?"

I squeeze his muscular arm reassuringly.

You bet I do.

3 MINUTES, 40 SECONDS

STEVIE, HANK, J.D., Nick, and I wander around the massive open-air stable.

We try to look like we're blending in with the crowd, browsing the few dozen exotic horses in their pens before the main auction kicks off.

Of course, we're actually getting a firsthand lay of the place. Reviewing the exits. Rechecking our escape route.

And looking for the one final component we still need.

We'll use the first one that any of us finds, but officially this part is my job. And I don't want to let the others down. I stroll casually through the stable but keep my eyes open wide. I peer into every stall. I look around every corner. But still nothing.

As I continue my search, I hear a horse stomping and braying in a nearby pen. I know I don't really have the time, but something about the sound just calls to me.

Part of me still has a sixth sense for animals in distress, an instinct I picked up as a teenager when I used to ride. A friend of my father's, named Angus, owned a few horses on a farm a couple of miles away. He'd let me exercise them, as long as I cleaned and fed them and swept the stable.

I had dreams of being a show jumper myself someday, maybe even owning a horse ranch of my own, so it was more than a fair deal. I loved those animals more than anything. I came to think of them as my own.

Then one day, poor old Angus had a stroke. His son drove up from Dallas, stuck him in a home, sold the farm and the steeds along with it, and that was that.

It was one of the saddest days of my entire childhood. I remember thinking, even at that young age, it was crazy and scary how sudden a life can change—mine and Angus's both. Not to mention the horses'. And how quick a person's lifelong home can disappear.

I have to remind myself: *preventing* that from happening to *ours* is why we're doing all this in the first place.

I head over to the pen. Through the bars I see a stunning brown stallion with a flowing black mane and snow-white hind legs. He's a real beauty.

"Easy, boy," I whisper. "You're not the only one feeling butterflies tonight."

I stare into the horse's big wet eyes, willing it to relax. Trying to make a real connection. I hold out my hand as an offering. Slowly he saunters over, sniffs, and nuzzles my palm.

"Now who do you think you're fooling, young lady?"

My whole body tenses. *Damn it, I'm caught, my disguise didn't work! Abort!*

"You're no horse buyer. You're a regular horse *whisperer.*"

I spin, and see an elderly man—a real one—smiling at me with a set of pearl-white veneers. From his tailored three-piece suit, shiny snakeskin boots, and even shinier gold Rolex watch, I can tell right away he's got money. But his demeanor is friendly. Gentlemanly. Almost bashful.

"And such a *lovely* one, too," he adds, with the tip of his felt cowboy hat.

I realize this old-timer isn't trying to blow my cover. Far from it.

He's trying to hit on me.

"You're very kind, sir," I say, forcing an innocent smile.

"My name's Wyland. Cole Wyland." He gestures at the stallion. "Always been partial to Belgian warmbloods too. Gorgeous creatures, ain't they?"

I'm confused.

Because he's dead wrong. That's not the breed of this horse at all. Is he joking? Or just flat-out clueless? Or maybe...he can't be a plainclothes Golden Acres security guard *testing* me, can he?

"Actually, Mr. Wyland—"

"Cole, please."

"This horse here is a Holsteiner, Cole. See the *H* branded on his back leg? But mixing up the two breeds, that's a common mistake."

Cole says nothing for a moment. Should I start to worry? Did I offend him? Does he sense something's amiss?

But then he smiles even wider.

"Turns out you've got beauty *and* brains!"

All right, I think, relieved. *Enough.* I need to wrap this chitchat up quick.

"It's been a pleasure, sir. *Cole.* But if you'll excuse me…"

And I hurry off before he has a chance to stop me. I have places to be. I have a wheelbarrow to find.

I have a heist to pull off.

1 MINUTE

"**ONE MINUTE TO** opening gavel!" a voice declares over the P.A. "One minute!"

The stable's main atrium is brimming with anticipation. The crowd is finding their seats. The horses are getting their final primps. The auctioneer is warming up his vocal cords.

Stevie, Nick, and I hover in the wings, ready to spring into action. Meanwhile, Hank and J.D. scurry up a hidden back staircase, into the hayloft. Like most haylofts in modern stables, this one isn't functional. It's mostly for decoration.

Or in our case, *storage*.

As the audience settles in, I scan all of their faces, trying to read each one of them like I did inside the bank. Wondering who might give us trouble. Praying that none of them—like that foolish kid security guard—decides he wants to be a hero.

But with five times the number of folks—and so many clearly carrying weapons—I know the odds aren't in our favor.

The auctioneer approaches the stage, smiling and shaking hands with some of the ranch's owners and bigwigs. He turns on his microphone, tapping it a few times to test the sound.

What the hell is taking Hank and J.D. so long? I wonder, starting to fret. *Did somebody screw up? Is it not there?*

Stevie, Nick, and I trade nervous glances. All worrying about the same thing.

But then, my brother and my might-as-well-be-my-brother reappear—carrying a leather bag the size of a violin case. They rejoin us. They unzip it.

Inside is a cache of high-tech assault rifles fit for a team of Navy SEALs.

I've been around guns my whole life—but I've never seen any like this. Compact and boxy, fully collapsible, and made of lightweight green titanium alloy.

We all put our latex gloves back on as Hank hands the weapons around. J.D. passes out the ammunition: clear-plastic magazines, small-caliber, but hollow point and deadly. We ready our rifles and flip on their red-laser sights. They were designed to increase shooting accuracy.

But we mostly want them for the intimidation factor.

"Ladies and gentlemen!" the honey-voiced auctioneer says into the microphone. The crowd whoops and applauds. "Welcome to Golden Acres!"

That's our cue.

4 MINUTES, 35 SECONDS

"NOW PLEASE WELCOME our first animal of the evening. Sebastian, a playful two-year-old Kiger Mustang from—"

Stevie strafes the atrium ceiling with automatic gunfire as we storm the place.

"Hands up and keep 'em high!"

Fear and panic fill the stable. People shriek and gasp and crouch and cry. Some try to flee. But within seconds we've all gotten into position, guarding every exit.

"No one move an inch!" Stevie bellows, stepping onto the stage, assuming the role of master of criminal ceremonies.

"Anyone even *tries* to draw, we'll take you out!"

The rest of us train our weapons on the anxious crowd… on the auctioneer…on furious Billy Reeves and his bumbling security team—our scopes' thin red beams slicing through the dusty stable air like a scary laser-light show.

"Now, this can be short and painless…or the opposite," Stevie continues. "Every one of y'all here with cash or bearer bonds, start passing them down to the aisles. My colleagues will be coming through to make a little collection. Try anything funny…anything at all…"

Stevie fires off another flurry of bullets into the rafters.

More screams of terror echo all around us.

But the audience begins following his orders. Briefcases, purses, and bank ledgers are all slowly handed down.

"Let's go!" Stevie barks. "Pick it up, pick it up!"

J.D. and I move up and down the aisles, making multiple trips, each time collecting as much as we can carry with one arm—our other hand aiming our rifles. We dump all the wallets and handbags at the feet of Hank and Nick, who start emptying each bag into a giant wooden wheelbarrow that I'd found out back behind the stable.

On one of my trips, I make eye contact with Cole Wyland, the friendly old man who tried flirting with me back by the horse pens.

He gives me a filthy look. I just shrug.

Sorry, Cole, I think. *Guess you got unlucky twice today.*

Up and down the aisles we go. I'm getting a little winded. My arm's getting a little tired.

I check my watch: we've been doing this for almost four full minutes.

We're still keeping a sharp eye on the audience—especially Stevie, from his elevated perch on stage—but with all the moving around we've been doing, it's possible one of them has secretly pulled out a cell phone to call the law.

Or maybe they pulled out a gun—to try to take the law into their own hands.

Stevie seems to have the same thought. "All right, let's giddyup now!"

J.D. and I drop whatever remaining bags we're holding, and us five "old fogies" assemble by the wheelbarrow, which is now practically overflowing with a small mountain of money.

We take triangular formation around it, just like we practiced—and just like Stevie learned in the Marines when escorting a VIP: Nick pushing, Hank in front, me, J.D., and Stevie walking backward in a crescent shape behind it.

"Folks, enjoy the rest of your night," Stevie calls out as we move toward the exit. We're almost through the doorway....

"No chance in hell y'all get away with this!"

My eyes dart to the source of that raspy, familiar voice.

A furious Billy Reeves is taking a step in our direction, his hand hovering over his holstered Desert Eagle.

"Billy, don't even think about it," Stevie warns, aiming the red beam of his assault rifle directly in the center of Billy's glistening forehead. Billy gulps.

"We're gonna hunt y'all down! *I'm* gonna hunt y'all down for this!"

But we ignore his threats and keep moving. His ragged voice rings out again—*"No chance y'all get away with this bullshit!"*—as we make it outside into the warm night air.

We pick up the pace now, almost jogging across the property, leaving a trail of fluttering cash in our wake.

The bored valets, sitting around, chatting, messing with their smartphones, are beyond shocked to see us—and our guns.

Hank points his rifle at them, just in case—"Don't try nothing!" he barks—as we race over to our pickup truck, parked in a prime nearby spot thanks to my generous tip.

As Stevie, Nick, and J.D. hoist the wheelbarrow up into the cargo bed, I leap in and cover it with the heavy tarp we'd rolled and stashed back there, trapping our new fortune underneath it.

Hank slides behind the wheel and with a spare key he's been carrying starts the growling engine.

"Look!" J.D. shouts, pointing back the way we came.

Billy, some security guards, and a few brave auction attendees have exited the stable and are charging toward us, shouting and cursing, waving their handguns in the air like in an old Western, itching for a shoot-out.

They're a good ways away. A hundred yards or so at least. None of us are too worried about their aim....

But then one of them pulls the trigger.

Ping! A bullet ricochets wildly off the metal siding of our truck, right next to where I'm sitting—and I yelp and duck down out of instinct.

Christ, that was close!

Hank has put the truck into gear. We're about to drive off to freedom—but the sight of his baby sister getting shot at sparks a rage in Stevie I've never seen.

With a furious grunt, he takes aim and lays down a deafening carpet of automatic gunfire across the grass—just inches in front of Billy and his clumsy posse's paths—sending them screaming and stumbling and scrambling for cover.

Damn, do I love my brother sometimes.

"Let's roll!" he yells to Hank, and the truck peels out.

4 MINUTES, 10 SECONDS

WE'RE SPEEDING DOWN the interstate…in a white Dodge Caravan.

Nick stashed our second getaway car earlier this morning behind a rest stop at the three-way junction where State Highways 60, 33, and 83 all meet. Hank parked our red pickup to make it look like we were heading north, when really we went west. The cops will figure that out eventually, but it might slow them down at least a little.

And given the amount of money we just lifted, we'll take every single second we can get.

All of us are still buzzing after another flawless heist.

"Shit, we really did it!" Hank exclaims, drumming the steering wheel with excitement. "How much do you think we got?"

We'd removed the minivan's back row of seats last night so we could easily slide in the wheelbarrow. Nick, J.D., and I are back there now, on our knees, rubber-banding the heaping mound of cash and bearer bonds into neat stacks and stuffing them into duffel bags.

"Half a mil, easy," says Nick.

"Try *one* and a half mil," says J.D.

I don't say anything. I'm astonished by both of their estimates.

But I push that amazement from my head. Right now, we've got to stay focused on the task at hand: getting our booty bundled before we reach our next getaway car—which is "about ninety seconds out!" Stevie informs us.

I try to work faster. But I do ask: "What are the cops saying?"

A police scanner is resting on the dash, just like during our bank robbery. But I still haven't learned to decipher all its static and garbled chatter.

Stevie's sitting shotgun, keeping an eye on the road and an ear on the transmission. "They're looking for us, all right. But in all the wrong places. For now."

Ninety seconds later, right on schedule, Hank slows the van as we near our third and final vehicle, a silver '99 Chevy Impala parked just off the highway shoulder.

We all leap out, toss six overstuffed duffel bags into the trunk, then pile in ourselves.

We're soon cruising down an empty back road, speeding past miles and endless miles of Texas farmland in every direction. Once we hit State Highway 70, it will be less than four hours till we're back in Scurry County.

Less than four hours till we're home.

My adrenaline rush is finally starting to fade. I yank off my itchy gray wig and close my eyes.

I can make out every bump and crack in the asphalt. I can hear every tick and purr of the engine. I start to feel calm. Almost peaceful.

Until an image of Alex pops into my head.

For a split second—maybe it's because I have my messy wig in my lap—I glimpse *his* unruly mop of brown curls. His peach-fuzzy cheeks. His megawatt smile—which I'd give away every penny we just got to see again, for just one second.

A single tear runs down my cheek. I wipe it away, smearing my old-lady makeup, remembering why I *really* started doing all this in the first place.

The biggest and hardest part of my plan is complete.

Now we'll just have to see if it worked.

5 MINUTES, 30 SECONDS

SPECIAL AGENT MASON Randolph had just stepped in one heaping pile of shit.

No, not the actual kind. He'd spent enough time on farms and ranches in his forty-one years to know never to take a single step without looking down.

But it had been over two months since the Key Bank stickup in Plainview, and he and his team were still at square one.

Until now.

With no real leads, but no repeat robberies, either, many in his department had started hoping it was a one-off thing. A single crime committed by a couple of ballsy amateurs who just happened to get real lucky.

But as Mason had argued in staff meeting after staff meeting, he never bought that for a second. He firmly believed the Bureau was chasing some exceptionally smart and special bad guys…*who were only getting started.*

He begged and pleaded to keep the case active, and to put more bodies on it. But around week six, his supervisor pulled the plug.

So Mason kept working the investigation *on his own time*. Coming in early and staying late to follow up leads all by himself. Calling in every favor he had to interview more witnesses and canvass party-supply stores to find who bought those masks.

The fact was, when Mason Randolph sunk his teeth into a juicy case like this one, he was like a pit bull with a raw steak: he was *never* going to let go.

Until justice was served.

He was convinced the suspects were going to strike again. The moment he heard about Golden Acres, he knew they had.

With a sense of déjà vu on the Gulfstream plane ride to the nearest airstrip, Mason explained to his team his rationale for linking the two cases. Similar M.O. Similar five-person squad. Similar language ("Hands up and keep 'em high!") said with a similar west Texas twang.

The bank and horse ranch were hundreds of miles apart. But with a new crime scene and new witnesses, there was hope the case might finally take a real step forward. They just might catch these guys—*and* recover the $1.2 million that had literally been wheeled away.

Mason, his colleagues, and the entire Bureau let these sons of bitches slip away once already. He was *not* going to let that happen a second time.

No matter what it took.

"Good to see you again, Mr. Reeves," Mason says, flashing a cheeky smile as he approaches the ranch's crusty, cigarillo-chomping security head. "Feels like it was just last week."

Billy is being fingerprinted by an FBI tech at a mobile crime-scene lab in order to exclude his prints from the investigation. He growls, angry and humiliated.

In fact, Mason *had* seen him just last week. Near this very spot, too.

The agent had been in Amarillo on an unrelated homicide when a colleague in Narcotics passed along a tip. Rumor was, the Golden Acres' annual private horse auction was going to be hit. Hard.

Mason disliked crime of any sort—especially the preventable kind. So he made the seventy-minute drive to the ranch personally, off duty, for a little sit-down with Billy.

But the grizzled, arrogant bastard couldn't care less. Billy assured the agent that his team was the best in the business. And besides, even if somebody *did* try to pull something during the auction, most of the crowd would probably be packing more firepower than they were.

Lotta good that did.

"What do you want, Agent Randolph?" Billy snarls. "I already gave my statement three times. I screwed up. All right? You happy? How much I gotta say it? Y'all get off on hearing me talk shit about myself, is that it?"

"Actually, sir," Mason says, calmingly, "I came to offer you an apology."

Billy frowns. Cocks his head. Definitely not what he expected to hear.

"When we met last week," Mason continues, "I failed to impress upon you the urgency of the threat to your auction. I'm sorry. If I had, I'm sure you and your boys would've increased the ranch's security and prepared for it accordingly. Probably would've thwarted it, too."

Billy eyes Mason. Warily, then appreciatively. "Damn right we would've. Thank you, agent. You're a good man."

And you're a stupid one to believe me, Mason thinks. Billy didn't listen to a damn word he'd said. Practically laughed in his face. If anything, this two-bit gun-toting cowboy owes *him* an apology.

But Mason keeps those thoughts to himself. He knows there's no point in going to war with one of the best witnesses he's got. So today, *he'll* be the mature one. Besides, a big reason he got to be one of the region's top agents in the first place is his finely honed instinct for when to use vinegar and when to use honey.

"If you think of anything else, Mr. Reeves, you've got my card, right?"

With a tug on the brim of his cowboy hat, Mason heads out the door.

Next, he walks all around the ranch's grounds, silently taking everything in. He works best this way: soaking in the big picture, gradually narrowing in on the little stuff, and letting his brilliant mind wander and play and make connections.

Mason sees a team of white-suited techs exiting the stable holding in their gloved hands an old leather bag that resembles a violin case. Interesting.

Inside the building and across the lawn, techs are extracting bullets, collecting spent shell casings, and snapping pictures.

At the valet stand, still others are making a plaster mold of the tire tracks of what witnesses say was a mid-1990s F-150 the bad guys used to make their escape.

Mason surveys the complex crime scene solemnly.

Yep, this is one big old pile of shit. And he's up to his knees in it.

Sweating like a pig in the July Texas heat, Mason dabs at his brow with a lacy handkerchief embroidered with his initials that he keeps tucked in his suit's left breast pocket. It's old and ratty, worn thin from years of use and washing. Mason knows it's not the most attractive, or manly, accessory. He should probably spring for a new one.

But the handkerchief was a long-ago gift from someone very dear to him. And in his line of work—hell, in his entire *life*—he doesn't have all that many people who fit that description. So it's not going anywhere.

Suddenly, Mason's cell phone rings, interrupting the quiet. He answers. He listens.

He can barely contain his excitement.

"Thank you, Detective. Sounds like this case just broke wide open."

Mason hangs up and jogs back to his car.

He just might catch these bastards after all.

4 MINUTES, 45 SECONDS

I'M PARALYZED. FROZEN SOLID.

My spine has been severed clean in two.

My brain is screaming at my muscles to move, but they just won't listen.

At least, that's how it feels.

I'm standing in the farmhouse in the second-floor hallway…right outside Alex's bedroom door. It's shut. Which is how it's been for almost five months now.

I'm finally going to open it. Start cleaning out his room.

At least, that's my intention.

By all "official" measures, my son has been 100 percent erased from existence for some time now. Every last piece of paperwork has been signed and stamped and filed. His health-insurance policy has been canceled. His name as a beneficiary in my will has been removed. His meager savings account has been closed. His high-school enrollment has been withdrawn. His cell phone plan has been terminated. His

Texas State death certificate has been issued. His obituary has been published.

In the eyes of the law, Alexander J. Rourke no longer exists.

But in the eyes of his mother, he's more present than ever.

I know that feeling will never go away. And I don't *want* it to. Alex is and always will be an enormous part of my life—maybe more so now than when he was alive. His memory has pushed me to do things recently I never thought I could.

Still, his bedroom's a damn mess. (I can remember, sadly, scolding him for five minutes at breakfast the morning before he died.) It's time to get started.

I take a deep breath. *I'm ready.*

I inch my hand toward the doorknob…closer, closer… then instantly recoil when I touch the chilly brass, as if it were a hot stove.

Come on, Molly. You can do this.

I force myself to calm down. The horse-auction heist was only yesterday and I'm still pretty jittery.

So maybe I'm *not* ready. Maybe I'm rushing this, trying to do too many big things at once. Maybe if the universe sent me some kind of sign…

No. Stop it.

Okay. I try again. I rest my hand on the doorknob…

And actually twist it a half turn! The latch sticks a bit, then releases. I'm about to push open the door—

Boom-boom-boom!

I gasp, startled. Someone's on the porch, pounding on the front door.

"Sheriff's Department! Open up!"

Shit! The police! Here? Now? But how? My plan was perfect!

I quickly hurry down the steps as the knocking continues.

"All right, I'm coming!" I call, as casually as I can.

I pass the picture window in the living room and see parked in my driveway a hulking Crown Victoria, emblazoned with SCURRY COUNTY SHERIFF'S DEPARTMENT.

My heart sinks. *No…it can't be all over. Please. Not yet.*

I pause at the front door and take a moment to compose myself—and think the situation through.

If this were a raid—on the home of a suspect "considered to be heavily armed and incredibly dangerous," as we heard ourselves described yesterday on the police scanner—there'd be a whole lot more than one unit out front. The cops wouldn't knock, either. They'd bust down my door, guns blazing. So maybe they just want to ask me a couple of questions. Get a statement. Start poking holes in my story and alibi.

Whatever the reason for the police presence, I can't delay the inevitable any longer. I plaster my very best "innocent" smile on my face and open the door.

"Ms. Rourke? I'm Deputy Wooldridge. How are you?"

A man around my age in a tan uniform and wide-brimmed cowboy hat is standing on my front porch. Smiling. Sort of. He looks friendly, but a little uncomfortable.

I play it cool. I give away nothing.

"Fine, thank you. How can I help?"

"Sorry to bother you, ma'am. I'm here with a rather unusual request. It was approved by the county judge in the case. But it's your right to decline, of course."

I hold my breath. I have absolutely no idea what this "unusual request" could possibly be or what "case" he's talking about, either.

As the deputy begins to explain, he glances back at his Crown Vic—and I notice a second vehicle parked behind it. An old white station wagon. Which I vaguely recognize, although it takes me a few moments to place it.

Then it hits me. It belongs to the parents of Danny Collier. Alex's best friend since first grade. The one who texted me from Alex's cell phone when he had a seizure and stopped breathing at school.

The boy who convinced my son to smoke the crystal meth that killed him.

Deputy Wooldridge says that Danny and his parents have come to my house…because Danny would like to speak to me. And apologize.

"It's part of the deal, see, the family's lawyer worked out with the court," the officer says, almost ashamed. "He's a minor, so he's not looking at jail. But there are other penalties that Judge Thornton can impose. If Danny can show he's taking responsibility, showing remorse, acting like a man…"

I understand. But I'm incredibly stunned.

I'd heard rumors about Danny's court proceedings, but did

my best to keep my distance. And right now, I'd almost *rather* be getting grilled by the police about my role in the bank robbery and horse farm heist.

Anything instead of coming face-to-face with the last person to see Alex alive.

I can't really blame Danny for my son's death. And I don't. Like the deputy said, he's just a kid. They both were. Two foolish boys messing around, trying drugs. They were close friends. I'm sure Danny is as upset by what's happened as anybody.

As soon as he and his parents get out of their station wagon, I see I'm right.

He looks so thin, almost gaunt, and has deep rings under his eyes. His parents stay by the car as he shuffles up to my front door. Keeping his gaze on the ground, he mumbles "Hello, Miss Molly," then unfolds a handwritten letter, choking back nerves.

"Alex...Alex was like my brother. He was really cool and fun to hang out with. I loved sharing comic books with him. And camping together. He even lent me his dirt bike sometimes after mine got broken. Which was really nice."

Danny swallows hard, then continues.

"What happened last spring was the worst day of my life. It was so dumb. I see that now. I would give all the time in the world to go back and—"

"Stop, please," I whisper.

Danny finally looks up at me. His eyes are bloodshot and

wet. His lip is trembling. I can see his pain is real, his guilt genuine. I don't want to hear any more.

I can't.

Then I get an idea.

"Neither of us can go back and change the past," I say. "But what we can do, what we *have* to do...is keep Alex's memory alive. Wait here a minute."

I disappear into the house, then head to the back porch. I reappear at the front door a few seconds later...pushing Alex's shiny blue dirt bike. A peace offering.

"When you ride it, think of him. How good he was. How much he loved it."

Danny nods and takes the handlebars, almost in awe.

"I will, Miss Molly," he says, wiping his nose on his sleeve, suddenly looking ten years younger. "I promise. I will."

5 MINUTES, 5 SECONDS

MASON HATES THIS PART.

He's a crime solver. Not a speechmaker. Definitely not a cheerleader.

But every once in a while, he knows he's got to rally the troops. Especially when they're under his command.

"All right, listen up!"

As special agent in charge of the joint Key Bank/Golden Acres investigation, Mason is addressing a roomful of fellow Feds, Texas rangers, county sheriffs, and—given the tip from Narcotics and the possible drug connection—a liaison from the DEA.

The group's borrowed a small conference room at a local police headquarters in the nearby Texas town of Pampa. The room is actually a little too small to fit the dozen or so (mostly overweight) law enforcement officials stuffed inside of it. But it does meet one critical criterion.

It has a functioning air conditioner.

"I'm going to keep this quick, and let all of you get back

out there," Mason says, firm and encouraging. "But just to bring everyone up to speed…"

Mason begins by summarizing all the progress that's been made since yesterday's horse-ranch heist. The past twenty-four hours have been a wild whirlwind.

First, the serial number on the fifty-dollar bill given to the valet matches one of the marked bills taken during the Key Bank robbery.

"Given the million-to-one odds of that being a coincidence," Mason adds, "if any of you doubt that these two crimes are connected, may I suggest you go buy a lottery ticket."

Next, a red 1996 F-150 fitting witnesses' descriptions—and with tires that matched the tracks found at the valet stand—was discovered parked northbound along State Highway 83. Units initially focused their pursuit in that direction, but also swept west and south, in case the pickup truck's position was meant to be a misdirection—which many agreed it probably was. But the trail went cold.

"The truck's being ripped apart by Forensics as we speak. Nothing yet. My guess is, our perps were smart enough to wear gloves."

Mason then shares that the recovered bullets and casings have already been analyzed by the El Paso field-office lab.

Unlike with the shotgun shells at the bank that bore zero unique ballistic markings, this time techs were able to extract a wealth of information. The rounds were likely fired from a

CZ-805 BREN, a state-of-the-art, military-grade assault rifle. Though designed and manufactured in the Czech Republic, these weapons are used by elite police units and Special Forces teams around the world—including Mexico's *federales*.

"Mexico's cartels, too," Agent Marissa Sanchez of the DEA adds pointedly. "It's becoming their gun of choice. We're also starting to see more and more of those killing machines cross the border."

Murmurs of displeasure ripple around the room.

Then Mason drops the biggest bombshell of all.

Just hours after yesterday's heist, an anonymous call came in that helped pinpoint where the presidential Halloween masks used during the bank robbery were purchased: a Celebration Nation party-supply store just outside Midland.

"I sped down there to check it out personally," Mason says. "Turns out, the owner deletes surveillance footage taken inside his store after ninety days. We made it just under the wire, with only a few days to spare."

Mason plays some grainy, black-and-white tape for the assembled group. It shows an older man—wearing giant sunglasses and a University of Texas baseball cap over his long, stringy white hair—paying cash for five familiar rubber masks: Lincoln, Washington, Nixon, Reagan, and Kennedy.

"We've sent it to Quantico to run facial recognition," Mason adds. "And plastered it from here to Tucson to New Orleans. Now obviously—"

"Smells fishy to me, Agent Randolph."

Mason hasn't heard that voice in over two months.

But he recognizes it instantly.

It's wrinkle-faced Texas ranger John Kim, standing at the back of the room, arms folded across his potbelly. The same local official who led Mason through the bank crime scene in Plainview—and gave the agent more than a bit of attitude.

"Nine weeks of nothin', no leads, not a peep. Then *this,* all tied up with a bow, the same day as heist number two? I'm sorry, but I don't buy it."

"Ah. Ranger Kim. If I remember it right, you called my hunt for the purchaser of these masks…how did you put it? 'Haystack-and-needle territory,' I believe."

"I'm just saying—*why?* These guys walked off with one-point-two. Think of all the work, all the planning. Not five hours later, one of them decides to squeal?"

Mason had already anticipated that argument—and has a theory. Multiple theories, in fact.

"Maybe the leader got greedy. Maybe a fight broke out. Dissent among the ranks. Maybe an accomplice felt he wasn't getting a fair cut of the pot, so he picks up the phone to try to thin the herd."

Kim considers all that. And nods, despite himself. The agent makes a fair point.

But then for good measure, Mason adds: "I'll be sure to ask them. When I catch them. *All of them.*"

3 MINUTES, 15 SECONDS

DAMN, IT FEELS nice to have the top down and the wind in my hair.

True, I'm only going about five miles an hour.

And I'm not in a convertible; I'm steering our old green Deere tractor across the grassy fields of our ten-acre farm.

Still, I love it. I always have.

It reminds me of being a little girl again.

Growing up, there were always a million and one chores for my brothers and me to do on the farm. Pulling weeds, raking leaves, chopping wood, you name it. And like most kids, Stevie, Hank, and I would argue about who had to do what.

To put an end to our bickering, my father devised an ingenious system of sticks and carrots, tailored to each of his children's specific preferences. Whichever two of us finished all our weekly chores first got to do something we loved. The one who finished third got the opposite.

In the case of Stevie, the future Marine, his prize was getting to shoot old cans and bottles using one of our father's real rifles. His punishment was getting his fake BB gun taken away for a couple of days.

For Hank, the athlete, it meant getting to toss around the pigskin with our old man…or not being able to watch any Astros or Cowboys games on TV for the whole week.

In my case, the penalty was having to skip three desserts in a row. (I've always had a sweet tooth, I admit it.) But my reward was getting to sit on my daddy's lap while he drove our tractor around the farm cutting the grass. I'd giggle and squeal with joy as it rumbled along. I remember the speed, the sense of danger, but always feeling safe and protected in his arms.

Well into my teens and adulthood, I kept riding that tractor and mowing the lawn every chance I got. The day my father died, I drove it before his funeral. Then I did it again after the service, trying desperately to re-create that sense of security and comfort.

Which I guess I'm trying to do again today.

But also, I'm celebrating.

I'm going over every square inch of our precious farmland, savoring every single one. Because official word just came from the bank.

We get to keep it!

Apparently, the twelve-thousand-dollar lump-sum payment my family "miraculously" managed to "scrounge up" thanks to "pinching pennies" was just enough to get them off our backs.

We're still plenty in the hole. But at least we're finally in the process of climbing out. We still have to be careful, of course. We can't give in to temptation and pay back too much too fast—and give ourselves away.

But for now, we're doing all right. We can breathe easy.

The Rourke family farm is going to stay in the hands of the Rourke family!

I cruise around our property, enjoying it more than ever. The relief, the joy, the sense of accomplishment I feel are indescribable. I'm so lost in my revelry…

I almost don't notice the giant dust cloud rolling down the distant county road. This is no natural phenomenon.

I slow the tractor near the fence and watch it come toward me…*with mounting horror.*

It's a caravan of shiny black SUVs and Suburbans, each one with blue and red lights flashing in the windshields.

Well, goddamn. That's sure not the local sheriff.

It's got to be the Feds.

As I watch them pass by, panic rising, I question where they could be heading.

In any case, if they're speeding through our neck of the woods, it can only mean one thing.

They're onto us.

6 MINUTES, 30 SECONDS

HE WAS ONTO THEM.

After Mason hung up this morning with a colleague in the FBI's Digital Evidence Laboratory's Forensic Audio, Video, and Image Analysis Unit, based in Quantico, he couldn't help but punch the air in excitement.

Another one of his "haystack-and-needle territory" hunches, as prickly Texas ranger Kim might call it, had paid off. In spades.

While local and federal agents searched for the man with the long white hair in the UT baseball hat who was caught on tape buying the Halloween masks, Mason turned his attention to the phone call that had led to him in the first place.

It had come in through the FBI's national tip line, which— in order to encourage informants to be as forthcoming as possible—was *supposed* to be completely anonymous.

To many agents' frustration, it actually was.

The Bureau had plenty of other sneaky practices. It used

lots of maneuvers, strategies, and technologies that the public was intentionally misled about.

But when it came to the anonymous hotline, the protocol was airtight. Calls were recorded but could never be traced back to a specific number or location. The phone system was deliberately stripped of that capability altogether, just in case any overzealous agent ever got the idea to try.

Which was fine by Mason. He understood the reason for the policy and respected it. He was always a play-by-the-rules kind of agent anyway. To do otherwise, he felt, was sloppy and reckless. Mason was clever. Creative. Incredibly thorough. He was meticulous. At times he could be almost obsessive.

But he always followed proper procedure. *Always.* That's how his career rose so high so fast. And as important as this case was, it wasn't going to be any different.

So Mason couldn't *trace* the anonymous call.

That didn't mean he couldn't *listen* to it—very, very closely.

Three big clues jumped out right away. The male caller spoke in a whisper but had the same distinct west Texas accent as the robbers. Second, an approaching train whistle could be heard in the background. Third, the call ended with the unmistakable *chunk* of a plastic handset being hung up in a metal cradle.

Which was excellent news. It meant the call was likely made from an old pay phone, not a cell. That meant it was made in public. And *that* meant possible witnesses.

Mason and his team got to work. They reached out to Amtrak and every private rail transport company in the Southwest. They carefully mapped the exact locations of every single train in west Texas on the date and time (3:19 p.m.) the call was placed.

Then, they cross-referenced the locations of all the region's working pay phones. There are so few of them left in service, this proved a lot easier than they'd thought.

Before long, they'd narrowed it down to three possible pay phones—in Garza, Dawson, and Scurry Counties. Forensics teams were dispatched. They pulled hundreds of different prints off the Garza and Dawson phones…but only about a dozen from the Scurry one, located outside a grungy Shell station, which suggested to Mason it had fairly recently been wiped clean.

He instructed an agent to place and record a similar call from that pay phone at precisely 3:19 the following day, making sure to include the approaching train whistle and hanging-up noise for digital analysis.

Just this morning, a tech from the FBI's cutting-edge audio lab back in DC phoned Mason to tell him that, with a statistical certainty of 96.3 percent, *the sounds were the same.*

That was the Mason Randolph way. Deliberate. Methodical. *Successful.*

Mason had been driving along I20 for the past three hours. An endless stretch of flat, brown desert in every direction, not unlike the surface of the moon.

But right now, he's crouching next to a bit of shrubbery

growing along the side of the highway. His vehicle is pulled over on the shoulder, its hazard lights blinking.

Something in the underbrush caught his eye, and he simply had to stop.

With a contemplative sigh, Mason places the item into a large plastic evidence bag, careful not to disturb it. He stands. He's wearing mirrored aviator sunglasses but still has to squint. The blinding midday sun is that damn bright.

Back in his SUV, the evidence bag sitting on the passenger seat next to him unsealed—two gross violations of FBI policy the agent typically reveres—Mason is nearing the end of his drive. He's on his way to Scurry County to rendezvous at the Shell station with some fellow agents already following up leads and interviewing possible eye-wits.

But when Mason turns off Exit 174, he passes a sign that reads BIG SPRING—HOWARD COUNTY...not "Scurry."

In fact, he passed the Scurry exit some eighty miles ago—and kept on going.

Mason parks his SUV in front of a well-kept double-wide mobile home, situated on a modest plot of trimmed grass. He gets out, taking the plastic evidence bag with him. He rings the doorbell. He waits.

The door is finally opened by a petite, kindly woman of seventy-two with long gray braids.

"Mason?! Is it really you?"

She stands frozen, her jaw hanging open in total surprise. "I...I don't believe it!"

"Hey, Ma."

Mason engulfs his mother in a tight embrace.

Pamela Randolph practically squeals with delight. When their hug finally ends, she takes a step back. Dabbing away happy tears, she gives her son a long look. The tailored suit. The shiny FBI badge on his belt. The dazzling smile.

"My handsome little boy…"

"You don't look half-bad yourself."

Pamela playfully swats at Mason, then turns around and calls into the trailer: "Joe, come quick, Mason's here!"

"Who?" a voice hollers back gruffly.

"Mason!"

"You tell that bastard whatever he's selling, we don't want it!"

The tiniest tense pause—then Mason and Pamela both burst into laughter.

It's an old family joke. Years ago, when Mason was barely out of the academy, he was stuck working a major white-collar case in Houston over the holidays. It didn't look like he'd be able to make it home in time for Christmas, but after driving across the state for seven hours straight, Mason arrived just as his family was sitting down to Christmas Eve dinner. Since his cell phone had died, all he could do was ring the bell and pound on the door—which his father at first refused to answer, thinking it must be carolers or donation seekers or some kind of exceptionally rude traveling salesman.

All these years later, the joke was still trotted out any time Mason showed up at his childhood home unannounced. Sure, it had gotten a little cheesy at this point. A little predictable. But Mason didn't mind at all. Consistency, dependability, steadfastness—these were qualities he loved so much in his parents, married fifty-one years.

"Don't just stand there, silly. Come in, come in!"

It breaks Mason's heart, but he has to decline.

"Wish I could. But I'm working. I just stopped by to give you these."

Mason removes the contents of the evidence bag, and Pamela's eyes light up.

It's a loose bouquet of local wildflowers, picked along the roadside: brown-eyed Susans, mountain pinks, blackfoot daisies, white asters.

As she takes them with a giant smile, Joe Randolph totters up to the doorway—slowly because of his arthritis and the oxygen tank he's got to wheel along with him, but quick as he can because his son is there.

"Gosh, it's good to see you," he says, pulling Mason into a bear hug.

"You too, Pop. How're you feeling?"

Joe shrugs. Like his son, he's not one to complain, no matter how hard life gets.

"I didn't think we'd get to see you for another two weeks," he says, changing the subject away from his health. "Lemme guess. You got a case nearby?"

Mason nods. "Chasing down a lead in Scurry. Thought I'd stop in."

"Well, we're so glad you did," Pamela says, her eyelids still fluttering with joy.

Then Joe's expression turns serious. He grips Mason's shoulder, his grasp trembling from age, but still firm as iron. He looks his son dead in the eyes.

"Whoever you're after, whatever they done…you're gonna catch 'em?"

"Pop…*you bet I am.*"

6 MINUTES, 15 SECONDS

I NEVER THOUGHT this day would come.

"Dearly beloved…"

Not in all my life.

"…we are gathered here today…"

What I mean is, I never thought this day would come *again.*

"…to celebrate the holy union of Margaret Elizabeth Rourke…"

Suddenly I feel sixteen again, as giggly as I did the first time I went to my high school prom. As beautiful as I did the first time I was crowned Miss Scurry County.

But about a million times happier than I did the first time…I was a bride.

Charlie wasn't a bad man. Just a young one. We were both still kids, foolish and drunk in love. Drunk in *lust,* really. (In Charlie's case, he was often drunk on something else, too.) When I got pregnant at twenty, he surprised me by doing what he thought was the noble thing. He proposed—even though I wasn't sure it was what I wanted.

When the county judge at our simple courthouse ceremony asked us that big final question, I thought I was being coy and cute when I said with a smile, "I *guess* I do." I understand now that was my doubt bubbling up to the surface.

I realized pretty quick that I should have listened to it.

Charlie left me and baby Alex less than a year later.

But that was a long time ago. A whole other lifetime. Today I really am marrying the man of my dreams. And I've never been more sure of anything.

He's good and warm and decent and loyal, with a brain just as big as his heart.

He supports me in every single thing I do, large and small.

He can make me laugh till I can't breathe.

But most of all, he stuck by my side and helped get me through the darkest period of my life. He led me to a light at the end of it that I never thought I'd see again.

And oh, yeah—he looks sexy as hell in his freshly pressed suit.

"...*let them speak now or forever hold their peace.*"

I gaze out at the people seated all around us, many of whom have trekked from far and wide to our beloved family farm, this small group of our very nearest and dearest, everyone smiling big despite the scorching August Texas sunshine.

As I scan all the faces, I become aware of just how much a true family affair this wedding is.

I'm standing under a wooden trellis built by my brother

Hank, decorated with local wildflowers picked and arranged beautifully by his wife, Debbie.

My brother Stevie walked me down the aisle—and I could have sworn I heard the manly retired Marine sniffle.

My "something old" is my own late mother's wedding veil, as light and silky as a spider's web, which we'd kept tucked in the attic all these years.

My "something new" is a lacy garter, given to me by my sister-in-law, Kim, at the tame but hugely fun bachelorette party picnic she threw for me last weekend.

My "something borrowed" is a pair of earrings lent by my future mother-in-law, a warm and caring woman I've grown so close with.

And my "something blue"…well, that one wasn't quite so easy. It's tucked into my corset. Its metal edge is pressing gently but firmly into the skin above my heart.

How fitting, I think.

It's a silvery-blue matchbox car that used to belong to Alex.

As a little boy, he played with it constantly. "Blueberry," he called it. Some children have blankets or stuffed animals they carry around for comfort. My son had a tiny toy car named after his favorite fruit.

And now *I'm* the one carrying it around for comfort. A reminder that, even in the happiest of moments, a part of me will always be in pain.

But also a reminder that, even though Alex is no longer with us in person, he is with me on this day.

He is with me *every* day.

"Who gives this woman to be married to this man?"

Stevie steps forward. "I do."

With a hug and a kiss on the cheek, and a whispered "Love ya, sis," he delivers me to my future husband.

And then comes the big finish.

"Do you, Margaret Elizabeth, take—"

"Her friends just call her Molly, Pastor," my fiancé says with a big smile. Laughs all around.

"Do you, *Molly,*" our officiant says with a warm grin.

I hear an excited rustling from the crowd behind me. The snap of photographs. This is everyone's favorite part of a wedding. Mine, too.

"…take this man to be your lawful wedded husband?"

The pastor continues—*but my body suddenly tenses with a flicker of panic.*

That one word: *lawful.*

The law. The police. That caravan of Feds that sped into town weeks ago.

My "hell of a plan" is so close to being pulled off—but the cops are closing in on us even faster than I thought!

We can't *get caught,* I think. Not now. Not ever. We've come so far. We've risked so much. To lose it all now—*no, no, no—*

"…for as long as you both shall live?"

Those familiar words snap me out of my inner panic. I try to compose myself. Those few seconds, I can tell, feel to the congregation like an eternity. *What's she thinking?* they must be wondering. *Is she having second thoughts?*

Far from it.

I want the next words I speak to be completely untarnished. All those years ago, I said them halfheartedly, with doubt and trepidation.

Not this time.

"I do," I finally say in a sweet whisper, my eyes welling with joyful tears.

"I *absolutely* do."

4 MINUTES, 30 SECONDS

"**CONSIDER EACH AND** every one of 'em heavily armed...*and willing to die.*"

In Mason's almost twenty years with the FBI, he's used that phrase to describe a group of suspects only a handful of times.

Once was a radical antigovernment militia group holed up in the punishing Belmont Mountains in western Arizona.

Another time was an Islamic terrorist cell suspected of plotting to blow up a skyscraper in downtown San Antonio.

A third was a band of ex–Mexican Special Forces operatives hired by a Sonora drug cartel to smuggle thirty-six million dollars' worth of cocaine into Corpus Christi via a decommissioned Soviet submarine. Yes, a submarine.

Now Mason was in dusty little Hobart, Texas, population just over ten thousand, applying that label to a ragtag group of bank robbers and horse-auction plunderers—not to mention suspected gunrunners, drug dealers, and money launderers.

In the past few weeks, Mason explains to his audience, the case has progressed even more rapidly. The Shell station where the anonymous phone call was placed had plenty of security cameras…but they were pointed only at the pumps and inside the convenience store—not at the pay phone out back. ("What's the damn point of even *having* them," Mason grumbled at hearing the news, "if you can't see everything?")

Still, the cashier on duty that afternoon remembered the caller well, and was able to provide a vivid description. A sketch was quickly distributed to police stations, post offices, and local newspapers all around the region. Before long, sightings began pouring in.

Right now, Mason is standing at the front of a giant rectangular room, a VFW hall located on the edge of Hobart's meager downtown. The heels of his cowboy boots click softly on the beige linoleum floor as he paces back and forth, making eye contact with each and every person seated in front of him.

The last time Mason held a multiagency briefing like this, it was in a cramped conference room in a rural police station near the Texas–Oklahoma border.

Today, *four times* that number of agents, sheriffs, rangers, and officers are gathered around and can still all barely fit.

But that's not the only difference.

This briefing isn't solely informational.

It's also tactical.

"We believe," Mason says, "the suspects are based on a farm just a few miles from here. Two or more may be blood relatives."

On the white screen behind him is projected a giant and scarily high-resolution aerial photograph of the rolling land in question: multiple acres of dirt and grass, a few scattered structures (including a small woodshed), and a short driveway leading to a modest farmhouse.

"County records say they've owned the land for decades," Mason continues. "Generations, even. And yet..."

Mason nods at Special Agent Emma Rosenberg, a nerdy, high-strung analyst on loan from the Bureau's forensic accounting and financial crimes unit—basically a CPA with a badge and gun. She simply blinks at Mason, confused, a deer in the headlights...until she realizes he wants her to speak.

"Uh, yes, right, I apologize," Rosenberg says nervously, adjusting her chunky plastic-framed glasses. "My investigation has concluded that in twelve of the past sixteen fiscal quarters, following inspection of each putative resident's aggregate fiscal assets and gross incomes, having compared them against the estate's total liability, taxable and otherwise—"

"Aw, just spit it out, Agent Poindexter!" says good old Ranger Kim with a smirk. He's leaning against a side wall, packing a wad of chewing tobacco behind his leathery bottom lip.

Agent Rosenberg bristles. She's a prim New Englander offended by this Texan's attitude. "These people," she replies curtly, a bit of a chill in her voice now, "pay far more in property taxes, upkeep, and bank fees than they earn in reported income."

"In other words," Mason says, stepping in to pick up the thread, "they're spending money they're not supposed to have. They're *criminals*. Now…"

He turns back to the projected image of the farm, using a red laser pointer to point out specific sections and features.

"As you can see from this drone surveillance photograph taken around five this morning, the compound has exactly zero unguarded points of entry. Nothing but high fences, long ranges of sight, and little cover. Entry's not gonna be easy, even if they *weren't* armed to the teeth with assault rifles."

"Nothing my boys can't handle, Chief."

That growl of a voice belongs to Agent Lee Taylor, a grizzled and unshakable former Green Beret and current commander of the FBI's El Paso SWAT team. Given the enormous risks of the upcoming farm raid, he's made the four-hundred-mile trek to plan the mission and oversee his men personally. And Mason's damn glad to have him here.

After a grateful nod to Taylor, Mason cues the final slide: an array of photographs of the multiple male suspects, each scarier-looking than the next.

"These are our targets. Memorize their faces better than your spouse's and children's. Because I do *not* want one of these ugly mugs to be the last thing any of y'all see. You're authorized to use deadly force if and as needed. Understand me?"

This elicits sober nods of understanding from nearly everyone in the room.

The agents and officers understand the orders. The risks. The stakes.

"Because, remember," Mason continues, echoing his earlier warning, "consider every last one of these sons of bitches trained, prepared, heavily armed...*and willing to die*. Which is what separates them from us. Whatever happens out there, I'm not willing to lose a single one of you. *That's an order.*"

Mason looks out at his colleagues' brave, stoic faces.

Praying it's an order his whole team can follow.

50 SECONDS

MASON WAS DYING—for a frosty glass of iced sweet tea with lemon, that is.

His constant craving for cold sugary drinks may be his one and only vice.

He's typically a man of conviction, passion, and incredible self-discipline. Yet when it's a sizzling-hot day in Texas, his mind is like an addict's: all he can think about is mainlining some sweet tea and lemon.

So after he dismissed the briefing, Mason did just that—to slake his thirst, but also to steal a few moments to gather his thoughts. After the most painstaking preparation he's ever put into a case, he knows an extremely dangerous raid is just hours away.

A few blocks from the VFW sits the Scurry Skillet, a cramped little greasy spoon that looks like it hasn't been renovated since the Eisenhower administration. Mason ducked inside and took a seat at a window booth. A stout, sassy, sixty-something waitress named Dina took his order and then raised her eyebrow.

"A whole pitcher?"

"Yes, please. Extra ice, extra sugar, extra lemon. And then," Mason added with a smile, "in about twenty minutes, directions to the men's room."

Once his thirst had been quenched, his sugar craving sated, and his waitress generously tipped, Mason stepped back outside onto Hobart's quaint little Main Street, intending to hoof it back to the VFW command center.

Agent Taylor and his team should have a preliminary assault plan sketched out by now. A second FBI drone flyover of the farm should have been completed, which will provide more detailed and recent photographs.

Word has even come in that a pair of agents in the next county over is following up on a promising new sighting of the stringy-white-haired man caught on camera purchasing those Halloween masks. But there have been so many false leads on that mystery suspect over the past few weeks, Mason isn't getting his hopes up.

Mason barely makes it halfway down the block when— *This damn summer heat,* he thinks—he starts sweating again. And experiencing a familiar beverage craving.

But there's no time. Not now. Mason has to get back.

Without slowing his pace, Mason removes his mahogany-colored felt cowboy hat, then starts to dab his moist brow with a handkerchief—that old, lacy, threadbare, feminine one embroidered with his initials, a meaningful gift from the love of his life that he always keeps tucked in his breast pocket.

Right near his heart.

The agent is about to round a corner when he hears a voice behind him.

"Mason?! How in the heck are you?"

He turns around to see a jolly woman about his age smiling big. She's wearing a floppy sun hat and oversize sunglasses, and has two small children in tow.

"Uh…I'm well. Thank you. How about yourself?"

Mason smiles back—but a little uncomfortably. This woman is familiar, her voice, her look…but he can't quite place her. Maybe the sweat dripping into his eyes makes it hard to see. Maybe it's her "disguise" of sunglasses and a hat.

Great, Mason thinks. *A Fed who can't recognize a face.*

"What brings you back to Hobart so soon?" she asks.

Mason offers a simple shrug—and a deliberately vague answer. "An FBI agent's work is never done."

As the woman chuckles, Mason tries to do some quick mental detective work to piece together who she is. She called him Mason, not Agent Randolph, so it's unlikely she's one of the dozens of local witnesses he has interviewed in recent weeks. But she had asked what he was doing *back* in Hobart….

"I suppose this town's *your new home* now."

And suddenly, it hits him. Mason knows *exactly* who this woman is.

"Yes, I suppose it is…*Kathleen*. And I couldn't be happier about that."

One of the woman's children pulls on her sleeve, mumbling indecipherably.

"Just a moment, Luke. I'm speaking with Aunt Molly's new husband."

"Aunt" isn't quite accurate. Kathleen Rourke is technically Molly's second cousin, whom Mason had only met once before and who could stay only for the ceremony.

And yes, *Molly Rourke is Mason Randolph's new wife.*

"She looked so beautiful up there. My gosh. So radiant. You both did. Especially after all y'all have been through."

Then Kathleen gestures to her adorable but nagging children. "I'm so sorry I had to duck out before the reception. Couldn't find a sitter, and these two were itching to get home."

"That's quite all right," Mason replies, mussing the younger one's hair. "It meant a lot to us that you were there. It really was a full family affair, just like Molly said."

Kathleen gives Mason a quick hug good-bye, then sets off with her brood down the street.

Which is when Mason realizes he's still holding his cowboy hat in one hand, and in the other that rather ratty woman's handkerchief—embroidered with the initials *MER,* for Mason Edgar Randolph.

He shares the monogram with his blushing bride: Molly Elizabeth Rourke.

In fact, the handkerchief was originally hers, sewn by her grandmother when she was just a girl.

Of course, Mason didn't know this when, after dating her for just a few weeks, he discovered the lacy piece of cloth tucked in a dresser drawer. He had a minor panic attack, worried his very new girlfriend might be just a little too clingy. Had she already started making him personalized accessories?

When they realized the coincidence, they couldn't believe it.

It was just the first sign of many that these two were meant to be together.

When their six-month anniversary came around, since Molly was hurting for cash so badly—there was even talk of the bank taking back her family's farm—Mason insisted they not buy gifts for each other of any sort.

Molly followed the letter of that command but ignored the spirit completely. She gave her boyfriend that "personalized" handkerchief they'd laughed about months earlier, wrapped in newspaper and tied up with string.

Mason has kept it inches from his heart ever since, a reminder of their bond and love. Even now, wearing the wedding band he's still getting used to, it's a tradition he plans to continue as long as the piece of fabric holds up.

Mason blots his forehead with it, then tucks it away. He

dons his cowboy hat. He spins and marches back toward the VFW command center.

His new, beautiful, wonderful wife is waiting for him just a few miles away.

But first, he's got to go get some bad guys.

And not get killed in the process.

3 MINUTES, 40 SECONDS

FORTY-SIX FULLY ARMED FBI SWAT agents stand counting down to combat.

In addition to an automatic assault rifle or tactical shotgun, each carries an average of thirty-two pounds of equipment: body armor, ballistic helmet, sidearm, night-vision goggles, flash grenades, zip-tie handcuffs, rounds of extra ammunition.

Yet as Mason—already sweating under the weight of the Kevlar vest hung over his torso—paces in front of this group, giving them one final mission overview and pep talk, they all stand still as statues. No rustling. No rattling. No fidgeting.

The silence is impressive. It's eerie. *It's terrifying.*

"Strike time is at twenty-two-hundred hours exactly," Mason announces. "That's less than forty minutes out. So listen up."

He commences one last run-through of the plan with his

assembled troops. He wants to explain, too, how he and the salty Agent Taylor arrived at it.

"A traditional stealth entry was out of the question," he says. "Just too damn dangerous. Too much ground to cover." He gestures to the image projected behind him of the multi-acre farm, to its endless flat fields dotted with shrubs and trees and a few run-down shacks and sheds. "Too many possible traps. We'd be far too exposed.

"So how about a full dynamic entry?" Mason asks rhetorically. "Ripping down the farmhouse doors, roping onto the suspects' roof by helicopter, guns blazing? Hell, that might very well be the start of World War III."

In the end, Mason says, he and Taylor decided on a mix of both.

The forty-six assembled agents have been divided into four groups; each will approach a separate side of the rectangular property, slowly and visibly.

Meanwhile, the farm's power is going to be cut, plunging the place into darkness.

"There are bound to be lookouts," Mason says. "So it'll be critical to observe how they react. Using your night vision and thermal imaging cameras, pay close attention to any suspect movement or defensive repositioning. If you glimpse just one bad guy running into just one shed, that's a piece of tactical intel we're otherwise sorely lacking."

But if, as expected, the suspects refuse to cooperate?

"Well, then…we'll *make* them. Four-points access, on my

order. Full sweep of the property, clearing and moving. Sniper overwatch has the green light. Tac teams are to reassemble and form up outside the farmhouse, then engage the final breach. Any questions?"

A chorus of "No, sir" echoes throughout the high-ceilinged room.

Mason takes a deep breath. Then he goes down the line, looking each of the forty-six agents directly in the eye.

"Stay smart out there. Hear me? Aim to live. *Shoot to kill.*"

And with that, he dismisses the agents. They begin a final gear and weapons check, then start climbing into the fleet of armored trucks and personnel carriers that will be shuttling them to the farm.

Mason is about to do the same…when he spots trouble.

Agent Britt Baugher, a lanky, pimply-faced twenty-six-year-old barely out of the academy, appears to be scribbling onto his forearm with a black Sharpie.

"Grading your performance ahead of time, agent?"

Baugher can only stutter, embarrassed to be caught. "I, I…I was just…"

Mason grabs the young man's arm. *B+* is written directly on the skin.

"You could tattoo your blood type on your *forehead;* it won't speed up a blood transfusion one second."

"Yes, sir, but—"

"Now I know this isn't your first time executing a warrant.

And *you* know all your medical info is on your ID badge. Or did you forget yours at home?"

Baugher looks down at his boots. "It's just…Have you heard about those ATF agents who stormed Waco? They knew the raid was gonna be rough. So they wrote their blood type on *their* arms."

"I did," Mason says, frowning. "But that was more than twenty years ago. And how'd it turn out for them? Besides," he continues, looking the agent in the eye, "none of us is gonna *need* a blood transfusion. 'Cause none of us is going to get shot. Clear?"

"Yes, sir."

The young agent nods and hurries into his assigned armored truck.

With nearly the whole team ready to move out, Mason heads over to the giant, metal-plated lead personnel carrier he'll be riding in with Agent Taylor.

But before he gets in, he slips his hand behind his Kevlar vest. He removes his flip-front wallet, which contains his FBI badge and ID card.

He slides out the roughly three-by-two-inch piece of plastic. On the front is the Bureau's famous blue-and-yellow shield. Mason's agent number. His signature. A photo of him taken a few years back, his hair a bit longer, the wrinkles at the edges of his eyes and mouth a little less noticeable.

Then Mason flips it over. On the back is printed a wealth of vital information. His age, height, and weight. His allergy to penicillin. And on the very last line, AB–. His blood type. There just in case.

"No," Mason says suddenly, angrily.

Then he climbs into the armored personnel carrier beside Agent Taylor. And keys the radio.

"All units, this is Bravo Command. Let's roll out."

8 MINUTES, 10 SECONDS

THEY'LL BE HERE soon. I have to move fast.

I can't let them catch me. Not like this.

I'm curled up on the floor in a heap of tears. A few cardboard boxes are strewn around me. The emotions I'm experiencing are overwhelming—and contradictory. Relief, worry, satisfaction, dread. You name it, I'm feeling it.

I thought I was ready, finally, to sort through some of Alex's belongings.

I was wrong. *Again.*

After my failed attempt to enter his room a few weeks ago, interrupted by the local sheriff showing up at my door with Alex's friend Danny, the last person to see my son alive, I cut myself a little slack.

Then I got caught up in the wedding, and its flurry of final preparations. Scrambling to get the house spic-and-span for the few dozen guests who would soon be traipsing through it, I swept and dusted and vacuumed and polished every inch.

Well, *almost* every inch.

My dead son's bedroom was left completely untouched, the door still shut tight. And it was going to stay that way.

Until I noticed, in the wee hours *after* the wedding…

It had been opened.

This was after the last song had been played. The last drops of beer and bourbon had been drunk. The last of our friends and family had gone home. Even Stevie and Kim, who live in the farmhouse themselves, had left. (They'd be sleeping at Hank and Debbie's that night to give Mason and me the place to ourselves.)

Loopy and exhausted from all the stress and joy of that wonderful day, I didn't just let my strapping new husband carry me over the threshold. I teasingly ordered him to lug me all the way across the lawn, up the stairs, and into our bedroom. Good sport that Mason is, he happily obliged…but demanded, with a sexy wink, that I find some "creative ways" to pay him back.

We had just reached the top of the steps when I noticed the door to Alex's bedroom was slightly ajar.

I gasped. I covered my mouth in shock. I leaped out of Mason's arms, nearly tripping over the train of my wedding dress.

It was obvious enough what had probably happened. One of our guests must have been searching for the bathroom, and decided to keep the honest mistake to herself.

But none of that changed the fact that Alex's bedroom door was open.

For the first time in months.

I slammed it shut as quickly as I could, then leaned my head against the door frame. And let out a single sob.

Mason came up behind me and wrapped me in his muscular arms. He just held me as I struggled to pull myself together. It was such an emotional day already, and now this.

"Too bad we splurged on the honeymoon suite," Mason whispered with a smile.

I laughed. I had to. I needed to.

God bless this man, I thought. An average new husband might be less than thrilled at the prospect of spending what should be his steamy wedding night chastely comforting his grieving new wife instead. But Mason was anything but average. He'd managed to make a sad moment tender and loving and funny all at once.

"I'm sorry," I managed to whimper, turning around to take in his handsome face.

"Nothing to be sorry *for,*" he insisted. "That's the nice thing about spending the rest of our lives together. We'll have plenty more nights to try again."

Try again.

That's what I'm doing right now.

And failing.

Our wedding was a few weeks ago, and Mason had been gone for almost all of them, working on an important case that had taken him all over the state. But tonight was a special occasion. He was going to be nearby, he said, and had managed to get the night off. So I had decided to cook a big family dinner.

It would be the first time all of us—Stevie, Hank, Debbie, Kim, Nick, J.D., Mason, and me—gathered around the table since we'd tied the knot. It would be a celebration dinner of sorts, too. Our farm was saved. My "hell of a plan" was almost complete. Things were looking up for the Rourke family. We were all riding high.

So I decided I might finally be ready to start going through Alex's stuff.

Not his bedroom. I knew I wasn't prepared for *that* yet.

But I'd remembered my son had a few boxes of old junk hidden away in the attic, some odds and ends he hadn't touched in years. So I figured, in the hour or so it would take for the pie crust to set and the chicken to finish roasting, those boxes would be as good a place to start as any.

And so far, they seem to be. Inside I find some old textbooks and dusty paperbacks. A stack of CDs from bands I've never heard of. A tennis racquet, still almost brand-new, that Alex had used just once before losing interest in the sport forever. It's all stuff I can easily donate or throw out, without a second thought.

I'm nearly through all the boxes. It's only taken a few painless minutes.

But then I reach the bottom of the last box.

And I find something that takes my breath away.

It's a drawing Alex made when he was in first grade: two stick figures, a boy and a woman, both wearing giant spacesuits, floating in the starry night sky. His teacher, Mrs. Cunningham, had written in blue marker in block letters at the bottom: "When I grow up, I want to be an astronaut, so I can go to outer space with Mommy."

Reading those words feels like a knife straight to the heart.

For so many months now, I've mourned the life that Alex had been leading in the present. I've barely thought about the one he was *going* to lead—in the future.

His dreams of being an astronaut may have been a childhood fantasy, but his future had been very real. He'd been spending time with girls. He'd started talking about college. He was going to have a career someday. A home, a wife. Children of his own. Alex *would* have reached the stars like he wanted to—in his own way, on his own terms—if only he'd had the chance.

I clutch the drawing to my chest and collapse onto the floor, letting this profound new wave of grief wash over me.

And I stay there. Paralyzed. Minutes ticking by. Tears streaming down my cheeks.

Oh, Alex. My baby. Will this pain ever go away?

I know the chicken is still cooking in the oven and my family is on their way. I know I can't lie here forever. Maybe just a little bit longer…

When I hear something outside—a vehicle pulling up in front of the farmhouse.

I look at my watch. It's early yet. The guests aren't supposed to be arriving for quite some time. Who could it be? I force myself, finally, to get up.

I walk over to the attic window and peer down. The sun is setting, and the vehicle is hard to make out. A few people exit. But I can't tell who they are.

It must be Stevie and Hank and their wives. Right?

Who else could it be?

3 MINUTES, 20 SECONDS

"THIS IS THE FBI!"

Mason is crouching behind the hood of a giant Lenco BearCat armored personnel carrier, talking into the 150-decibel speaker system mounted on its roof. He's raising his voice, but Mason could *whisper* and his words would still echo across this dark, quiet, sweltering slice of Texas for a quarter mile.

"Your property is surrounded by armed federal agents!"

That's putting it lightly.

Before beginning his callout, SWAT Agent Taylor received confirmation from all his team leaders—and passed it along to Mason—that each group had taken their positions along the four sides of the property.

"We are in possession of a search warrant for the premises and arrest warrants for all individuals on site!"

As the agents had approached, the power had also been cut to the farm—but to Mason's surprise, that didn't make much difference. The lights inside the main farmhouse went out, then flickered back on a few seconds later: diesel generators, most likely.

"This is your one and only warning! Come out peacefully, with your hands interlaced on top of your—"

"Sir, take a look at this!" whispers Agent Norris Carey, the burly thirty-nine-year-old leader of the primary tac team closest to Mason and Taylor.

He shows them an LCD screen, a live feed of a thermal camera sweeping the acres in front of them. The land is scattered with prickly bushes and stumpy trees—many of which seem to be giving off *glowing orbs of white-hot heat*.

"What in the hell am I looking at?" asks Taylor, confused and alarmed.

"I…I just don't know," Carey responds. "Trees and shrubs, they don't give off this kinda heat signature. Teams at every position are seeing the same thing."

Mason immediately knows what's happening—and snorts in displeasure.

"*Damn,* are these smart sons of bitches.…"

He had witnessed this simple but effective defensive technique used just once before: on the sprawling estate of a Mexican drug lord outside Ciudad Juárez while taking part in a joint U.S.–Mexico strike-force assignment. He'd never seen it stateside.

"*Heat lamps,*" Mason explains. "Trying to thwart our thermal scopes. Gotta be wired to the generators, kicked in automatically as soon as *they* did. To hide the heat signature of any *gunmen* who might be hidden in the foliage."

"Christ almighty," Taylor says under his breath. He quickly counts up the number of heat orbs he sees on the screen. "So there could be *twelve* concealed shooters on our perimeter alone?"

"Or none at all," Mason replies. "But they know we'll have to check and clear each one. Slows us down more than coating the grass with tar."

Mason keeps his cool, but Taylor grows enraged. He grabs a subordinate's night-vision binoculars and looks out at the distant farmhouse.

"I don't see a damn one of them coming out waving a white flag," he barks.

Mason is praying tonight ends peacefully and decides it's worth a bit more breath. He keys the bullhorn radio again, and goes a bit off script.

"We all know how this is going to go down! No mystery about it. All of you on this farm are going to jail for a very long time—for what you've done, for the money you've stolen, for the people you've hurt…*for the cowards you've been!* I'm offering right now a chance for you to be *men.* Any fool can pick up a gun. It takes real *courage*…to put one down!"

Mason waits. And holds his breath, praying he got through to them. Even the gruff Taylor gives him a begrudging nod. *Well said.*

"We've got movement!" exclaims Agent Carey.

Mason looks back at the farmhouse. Sure enough, its side door has opened. A figure emerges, holding a rifle above his head…

Then quickly lowers it and opens fire.

"Damn it!" Mason shouts, ducking down behind the vehicle and reaching for his walkie-talkie.

Gunshots pierce the quiet night, ricocheting off the armored car's metal plates.

"Shots fired, shots fired!" he yells in the radio. "All units, move in!"

The giant armored truck roars to life. Mason, Taylor, Carey, and the dozen agents in their team fall in line behind it as it plows through the wood-and-barbed-wire fence along the farm's perimeter—and keeps on moving, gunfire still ringing out.

The raid is just beginning.

5 MINUTES, 15 SECONDS

A SLEEPY FARM in west Texas has become a brutal battlefield.

It's been that way for almost an hour.

Mason, his unit, and the other three teams closing in have all been slowly but surely making their way across the few acres of land toward the main farmhouse.

One bloody inch at a time.

Multiple skilled sharpshooters are perched in the second-floor windows of the farmhouse, giving them a scarily good elevated position.

The fighting is slow. Brutal. Hellish.

The Feds, even with all their training and gear and armored vehicles—and outnumbering the suspects at least three to one—are taking nothing for granted.

More than a few agents have already gotten shot and pulled out. None is wounded seriously, but the teams' numbers are beginning to thin as they get closer.

And now, they're *very* close.

The farmhouse is just a few dozen yards away.

"Two o'clock!" Mason yells, spying a crouched shooter leaning out of a prickly sage bush on their flank.

Without waiting for his teammates to react, Mason raises his M4 carbine and fires three rapid, perfectly placed shots—two to the chest, one to the head.

"Neutralized!"

The suspect is dead before he hits the dusty ground—right beside the rusty metal space heater nestled in the brush beside him.

The team keeps moving.

Mason sticks his head up and scans the terrain up ahead. Virtually all that stands between his team and their side of the farmhouse is a small, rickety woodshed.

God only knows what could be inside.

"Form up at the entryway," Agent Taylor orders, in an urgent whisper. "Two plus one. Cam it and breach, on my go."

As soon as the armored vehicle gets between it and the farmhouse, four SWAT agents peel off from the team and hurry into position: two on each side of the shack's closed wooden door.

Mason, Taylor, and the others provide cover as one of the agents slips a tiny, flexible camera—about the shape of a black licorice Twizzler—beneath the door. He rotates it all around, giving a second agent holding a smartphone-size digital monitor a 180-degree night-vision view of the inside.

"Looks clear," the agent whispers.

So Taylor gives the cue, and a third agent produces a metal

crowbar—and wrenches open the door with a wood-splitting *crunch*.

Mason watches as the four agents burst into the tiny space, the red laser beams atop their guns whipping all around, aiming at every nook and cranny.

Discarded auto repair tools and engine parts line the walls. But otherwise the shed appears empty…

Until a gunman suddenly jumps up from behind a tool chest and unleashes a torrent of gunfire.

The agents inside duck for cover and shoot back, riddling his body with bullets.

But not before one of the Feds on the outside gets hit.

"Goddamnit!" Mason groans, cupping a bloody shoulder.

"That son of a bitch get you?" asks Taylor with concern.

Mason leans his back against the rear side of the armored vehicle for support. He pulls out a flashlight and examines his wound.

His shoulder was only grazed, but it hurts like hell. Mason can feel it, the pain hot and sharp, throbbing in sync with his pulse.

"One of us can escort you back to the perimeter, sir," offers Agent Carey, the team leader. "Rest of us, we'll keep on pushing toward the—"

"*Hell no,*" Mason roars through gritted teeth. "I wanna be there when we breach that damn farmhouse, and see the looks on those bastards' faces!"

Taylor, Carey, and the other agents are taken aback.

They've never seen the usually calm and collected Mason so enraged. So primal. It's scary.

"Jesus, Mason," says Taylor. "You're bleedin' all over the damn place. No one's been working harder to get these bastards than you have, but—"

Thankfully Mason doesn't have to argue: his and Taylor's radios crackle to life.

"Alpha and Charlie teams have reached the farmhouse," says one of the other teams' leaders. "Ready to enter."

"Roger," responds another agent over the radio. "Delta team closing in."

That's great news, and Mason and his men all know it. Two of the four SWAT units are in position outside the house, with the third nearby.

Mason turns his gaze toward the farmhouse. It's so close. *The final stand.*

"Bravo Command, copy that," Mason responds into his walkie, signaling Taylor and the others to get back into formation and keep moving. They obey.

"En route, too. Prepare to breach!"

3 MINUTES, 45 SECONDS

CLINK... CLINK, CLINK...BOOM!

The entire ramshackle farmhouse gets briefly lit up like a jack-o'-lantern as four flash grenades are thrown and detonated inside simultaneously.

"Go, go, go!"

Mason barks the command at his team and into his radio—and nearly all the remaining agents kick down doors and crash through windows and pour into the home from all sides.

"FBI!" they yell, moving in tight fluid lines from room to room like slithering snakes. "Get on the ground! FBI! Lemme see your hands!"

The *pop-pop-pop-pop* of gunshots soon rings out from inside as well, followed by exclamations like "Clear!" and "Suspect down!" and even "I'm hit!"

Mason's focus is so tightly on the farmhouse, he barely notices his wounded shoulder anymore, the black sleeve of his jumpsuit soaked in blood.

"Bravo and Charlie teams, moving upstairs!" comes a voice over the radio.

Mason and Taylor share a look.

This nightmare of a raid is almost over.

But it's not finished yet.

"We got one!" an agent exclaims over the radio. "In the attic!"

Mason holds his breath and waits. Waiting to hear those magic words…

"Charlie Leader, giving the all clear! Repeat, site is clear and secure!"

Mason pumps his fist in triumph. Taylor claps him on his good shoulder. The agents can finally breathe easy.

"Bravo Command, good copy," Mason radios back. "All clear and secure. Stand down."

And then, for good measure: "Well done, every one of you. *Damn* well done!"

Only now does Mason glance down at his bloody shoulder. But his adrenaline is pumping so hard, he barely feels it.

Slowly, the entry teams begin exiting the farmhouse from all sides. Many are carrying confiscated firearms. Others, bags and bags of crystal methamphetamine.

Finally, Mason sees the person he's been waiting for—and he's shocked.

It's one of the sole surviving suspects. In handcuffs, lip bloodied, screaming and spewing a string of profanities, being led out of the farmhouse by two agents.

"Here's the one we found in the attic, sir," says one of the escorting agents.

Mason just nods. He recognizes who it is right away.

The ringleader of the group. The criminal mastermind he'd been after all these months.

Mason can't believe his eyes. He marches right over. "Abraham J. McKinley, you have the right to remain silent."

"Goddamn murderers!" the crazy old man shouts, struggling against his restraints. "All of you! Look what you done!"

Mason ignores his theatrics and keeps going. "You're under arrest. For multiple counts of federal grand larceny, felony assault with a deadly weapon, illegal possession of a firearm, and conspiracy to commit—"

"Boy, what the hell you talking about?" McKinley demands, getting as close to Mason's face as he can. With his wild mane of white hair fluttering behind him, McKinley's resemblance to the man caught on camera buying those Halloween masks is undeniable.

"The bank robbery in Plainview," Mason answers. "The horse-auction theft. All the evidence points to you and your crew, Abe."

"Huh? We ain't never stole nothing and you know it!"

Mason just smiles. "What about distributing a Class 2 illegal drug? Word is, you and your boys have been doing that for months."

McKinley shakes his head. Then he looks back into his farmhouse, at all the carnage, inside and out. Numerous suspects lie bloody and dead. He starts to lose it. He twists and writhes in his handcuffs. The agents hold him steady.

"You…you killed 'em! You pigs killed all of 'em! Look what you did!"

"No, Abe," Mason replies calmly. "Look what *you* did."

And then, as McKinley is just about to be led away, still ranting and raving, Mason leans in close and whispers, "Because you…killed *him*."

It takes McKinley a moment to realize the bombshell Mason has just admitted.

"You…you framed me?! You son of a bitch! This whole thing is bullshit!"

Mason watches in silence, betraying nothing, as the aging meth king—the man whose gang made and sold the drugs that killed Alex—is carted away.

But then, across Mason's handsome face creeps a sly little grin of satisfaction.

45 SECONDS

THIS PART OF west Texas is as flat as a pancake. Not a hillside for a hundred miles. And most buildings in Hobart top out at two floors.

Tonight, that just wasn't going to be tall enough for me.

So I took the long drive to the giant water tower on the outskirts of town.

I parked my truck. I hopped the rusty metal fence. Then I climbed up slow and steady, all the way to the top, over eighty feet high.

Yes, I was breaking the law. But after months of robbing and shooting and evidence tampering, what was a little harmless trespassing?

I settled in and aimed a pair of high-power binoculars at a multiacre farm about a half mile to the southwest. It belonged to a band of meth dealers that, I had on very good authority, was currently being surrounded on four sides by the FBI.

Stevie, Nick, and J.D. had just arrived for my dinner party

and were helping me set the table when I got the text from Mason. It read simply: Thinking of you ☺.

When I read it, I gasped. Then rushed out the door. Alone, I insisted.

Mason often sent me sweet little text messages throughout the day, but he never, ever ended them with a smiley or winking face. He thought it was childish, not cute. So did I.

Which meant, we both agreed, using one would make the perfect secret code to alert me that the FBI's raid on the McKinley farm was a go.

For safety's sake, Mason had refused for weeks to give me any specific details about how the case against the McKinleys was developing or when the search and arrest warrants would come through. But recently he'd started dropping hints that it was close.

I always knew this day would come. I had a feeling it might be tonight, but I didn't know for certain until barely ninety minutes ago.

From my elevated perch, I watched the whole thing happen. The multiple teams of SWAT agents. The lumbering armored vehicles. The shooting. The screaming.

I prayed to God that Mason wouldn't be harmed. I prayed that none of his colleagues would be, either.

But I prayed that Abe McKinley and his boys…well, I prayed that they finally faced justice. Whatever that meant. However the man upstairs decided to mete it out.

Which was the *real* purpose of my "hell of a plan" all along.

Yes, we needed the money to pay back the bank to save our farm. Desperately.

But more than anything, *I* needed to make McKinley pay…*for killing my boy.*

And tonight, I finally did, with the help of my then-fiancé and now-husband—who walked me through the ins and outs of a federal bank robbery investigation…who planted the assault rifles at the Golden Acres horse ranch…who "discovered" the location of the pay phone Hank used to call in the anonymous tip that turned up Stevie on camera, wearing a white wig, buying the Halloween masks.

My "hell of a plan" worked like a hell of a charm.

I've been sitting on the ledge of the water tower for well over an hour. Finally the shooting seems to have stopped for good. Agents are moving in and out of the farmhouse now with ease. So are crime scene techs, and paramedics.

I even think I spy Abe McKinley himself being hauled out in cuffs, thrashing and carrying on like the madman he is.

I'd love to have seen his face when he realized what was happening. And when he realized *why.* But I'll settle for hearing about it from Mason secondhand.

I should probably get back home. The show's over, folks. I still have that dinner party to throw—and now my family *really* has something to celebrate.

I'm sure Mason is going to be tied up at the scene for hours. But he'll have to come home eventually. When he does, I'll still be up, waiting. Beyond grateful.

I put away my binoculars and stand, stretching out my cramped legs.

But before I climb down, I take out a folded piece of paper from the pocket of my jeans. I carefully open it.

It's that drawing Alex made in first grade that I just discovered tonight, of him and me floating together in outer space, the destination of his dreams.

As my eyes begin to water, all these months of pain and stress and work and agony finally coming to an end, I hold the paper to my chest.

And I look up at the night sky, a blanket of blackness dotted with a trillion points of light.

Alex, I think, *you are floating in the stars. You made it after all. May you find peace and comfort and love.*

Someday, I will be there beside you. Just like you dreamed.

But not yet.

1 MINUTE

IT'S MY VERY favorite time of the day. The world outside my window is calm. Peaceful. Quiet.

It's not quite night but not yet dawn. And I'm not quite asleep but not yet awake.

I snuggle a little more into Mason's strapping arms. He mumbles happily and hugs my body tighter.

I nuzzle his shoulder, just above the scar from the bullet wound he got well over a year ago now, during that fateful raid on the farm.

The one that resulted in the arrest of Abe McKinley and three surviving associates, who were sentenced to a combined 136 years in federal prison, at the US Penitentiary in Beaumont, Texas.

But all of that's in the past now. Ancient history. Our family farm has been paid off. The guilty have been punished. And life has carried on.

For the first time in a long while, I feel relaxed. Rested. At ease. I breathe in my husband's sweet musk. I run my finger up and down his collarbone.

I could stay like this forever, I think.

And then, I hear something. A noise coming from inside the house.

I could wake Mason to handle it. But should I?

I glance at the clock on his side of the bed—his holstered sidearm and FBI badge beside it. It's just after 5:00 a.m.

No, I decide. I'll let him sleep.

I slip out of bed and tiptoe down the hall. The sound is getting louder.

I finally reach a door that's slightly ajar: the door to Alex's old bedroom. The door I once couldn't even fathom opening.

But this morning, I drowsily push it open and enter without a second thought.

I'm used to it by now, but the space is so different from how it once was. Fresh paint, different carpet, new furniture. It's almost unrecognizable as my son's former bedroom.

Because now it's my new daughter's nursery.

Little Abby is wailing in her crib. "There, there," I coo, picking her up and bouncing her gently in my arms. "What's wrong?"

I fed her a few hours ago, so I know she can't be hungry. I check her diaper; she doesn't need to be changed. The room is a comfortable seventy-two degrees, so she can't be hot or cold. What could it be?

As Abby continues crying, I get an idea.

I open the closet, revealing stacks and stacks of comic books. *Alex's* beloved old comic books. Those, of course, I couldn't throw away in a million years.

I pick one at random and open to the first colorful page. As if by magic, Abby stops crying, captivated by the words and pictures, groping for them with her tiny hands.

"You know," I whisper, "your brother used to like these, too."

And then I begin to read.

"*The Amazing Spider-Man.* This one's called...'Brand New Day.'"

ABOUT THE AUTHORS

JAMES PATTERSON has written more bestsellers and created more enduring fictional characters than any other novelist writing today. He lives in Florida with his family.

MAX DiLALLO is a novelist, playwright, and screenwriter. He lives in Los Angeles.

"ALEX CROSS, I'M COMING FOR YOU...."

Gary Soneji, the killer from *Along Came a Spider*, has been dead for more than ten years—but Cross swears he saw Soneji gun down his partner. Is Cross's worst enemy back from the grave?

Nothing will prepare you for the wicked truth.

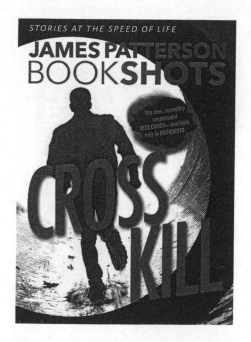

Read the next riveting, pulse-racing Alex Cross adventure, available now only from

BOOK**SHOTS**

MICHAEL BENNETT FACES HIS TOUGHEST CASE YET....

Detective Michael Bennett is called to the scene after a man plunges to his death outside a trendy Manhattan hotel—but the man's fingerprints are traced to a pilot who was killed in Iraq years ago.

Will Bennett discover the truth?

Or will he become tangled in a web of government secrets?

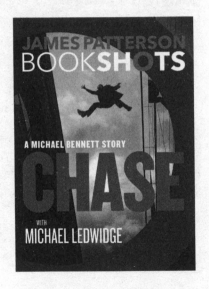

Read the new action-packed Michael Bennett story, *Chase*, available now only from

BOOK**SHOTS**

"I'M NOT ON TRIAL. SAN FRANCISCO IS."

Drug cartel boss the Kingfisher has a reputation for being violent and merciless. And after he's finally caught, he's set to stand trial for his vicious crimes—until he begins unleashing chaos and terror upon the lawyers, jurors, and police associated with the case. The city is paralyzed, and Detective Lindsay Boxer is caught in the eye of the storm.

Will the Women's Murder Club make it out alive—or will a sudden courtroom snare ensure their last breaths?

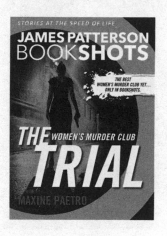

**Read the new Women's Murder Club story,
available now only from**

BOOK**SHOTS**

SOME GAMES AREN'T FOR CHILDREN....

After a nasty divorce, Christy Moore finds her escape in Marty Hawking, who introduces her to all sorts of new experiences, including an explosive new game called "Make-Believe."

But what begins as innocent fun soon turns dark, and as Marty pushes the boundaries further and further, the game may just end up deadly.

**Read the white-knuckle thriller,
available now from**

BOOK**SHOTS**

Looking to Fall in Love in Just One Night?

Introducing BookShots Flames:

original romances presented by James Patterson that fit into your busy life.

Featuring Love Stories by:

New York Times bestselling author Jen McLaughlin

New York Times bestselling author Samantha Towle

USA Today bestselling author Erin Knightley

Elizabeth Hayley

Jessica Linden

Codi Gary

Laurie Horowitz

…and many others!

Available only from

James Patterson's
BOOKSHOTS
Flames

HER SECOND CHANCE AT LOVE MIGHT BE TOO GOOD TO BE TRUE....

When Chelsea O'Kane escapes to her family's inn in Maine, all she's got are fresh bruises, a gun in her lap, and a desire to start anew. That's when she runs into her old flame, Jeremy Holland. As he helps her fix up the inn, they rediscover what they once loved about each other.

Until it seems too good to last…

Read the stirring story of hope and redemption
The McCullagh Inn in Maine, **available now from**

JORGE LUIS BORGES

El Aleph

Jorge Luis Borges nació en 1899 en Buenos Aires. En 1914 se mudó con su familia a Suiza y vivió también en España, donde comenzó a publicar en distintas revistas literarias. En 1921, de regreso en Buenos Aires, participó activamente de la vida cultural del momento; fundó las revistas *Prisma* y *Proa,* y firmó el primer manifiesto ultraísta. En 1923 publicó su libro de poesía *Fervor de Buenos Aires* y en 1935, *Historia universal de la infamia.* En las décadas siguientes, su obra creció: publicó diversos libros de poesía, cuento y ensayo, así como numerosos trabajos en colaboración. Fue presidente de la Sociedad Argentina de Escritores, director de la Biblioteca Nacional, miembro de la Academia Argentina de Letras, profesor universitario y conferencista. Entre los premios que obtuvo, cabe destacar el Premio Nacional de Literatura, el Formentor y el Cervantes. Considerado uno de los más importantes autores en lengua hispana de todos los tiempos, recibió el título de doctor *honoris causa* de las universidades de Columbia, Yale, Oxford, Michigan, Santiago de Chile, La Sorbona y Harvard. Falleció en Ginebra en 1986.

El Aleph

El Aleph

JORGE LUIS BORGES

Vintage Español
Una división de Random House, Inc.
Nueva York

El Aleph

El inmortal

Solomon saith: *There is no new thing upon the earth.* So that as Plato had an imagination, *that all knowledge was but remembrance*; so Solomon giveth his sentence, *that all novelty is but oblivion.*

FRANCIS BACON: *Essays* LVIII

En Londres, a principios del mes de junio de 1929, el anticuario Joseph Cartaphilus, de Esmirna, ofreció a la princesa de Lucinge los seis volúmenes en cuarto menor (1715-1720) de la *Ilíada* de Pope. La princesa los adquirió; al recibirlos, cambió unas palabras con él. Era, nos dice, un hombre consumido y terroso, de ojos grises y barba gris, de rasgos singularmente vagos. Se manejaba con fluidez e ignorancia en diversas lenguas; en muy pocos minutos pasó del francés al inglés y del inglés a una conjunción enigmática de español de Salónica y de portugués de Macao. En octubre, la princesa oyó por un pasajero del Zeus que Cartaphilus había muerto en el mar, al regresar a Esmirna, y que lo habían enterrado en la isla de Ios. En el último tomo de la *Ilíada* halló este manuscrito.

El original está redactado en inglés y abunda en latinismos. La versión que ofrecemos es literal.

I

Que yo recuerde, mis trabajos empezaron en un jardín de Tebas Hekatómpylos, cuando Diocleciano era emperador. Yo había militado (sin gloria) en las recientes guerras egipcias, yo era tribuno de una legión que estuvo acuartelada en Berenice, frente al Mar Rojo: la fiebre y la magia consumieron a muchos hombres que codiciaban magnánimos el acero. Los mauritanos fueron vencidos; la tierra que antes ocuparon las ciudades rebeldes fue dedicada eternamente a los dioses plutónicos; Alejandría, debelada, imploró en vano la misericordia del César; antes de un año las legiones reportaron el triunfo, pero yo logré apenas divisar el rostro de Marte. Esa privación me dolió y fue tal vez la causa de que yo me arrojara a descubrir, por temerosos y difusos desiertos, la secreta Ciudad de los Inmortales.

Mis trabajos empezaron, he referido, en un jardín de Tebas. Toda esa noche no dormí, pues algo estaba combatiendo en mi corazón. Me levanté poco antes del alba; mis esclavos dormían, la luna tenía el mismo color de la infinita arena. Un jinete rendido y ensangrentado venía del oriente. A unos pasos de mí, rodó el caballo. Con una tenue voz insaciable me preguntó en latín el nombre del río que bañaba los muros de la ciudad. Le respondí que era el Egipto, que alimentan las lluvias. "Otro es el río que persigo", replicó tristemente, "el río secreto que purifica de la muerte a los hombres". Oscura sangre le manaba del pecho. Me dijo que su patria era una montaña que está del otro lado del Ganges y que en esa montaña era fama que si alguien caminaba hasta el occidente, donde se acaba el mundo, llegaría al río cuyas aguas dan la inmortalidad. Agregó que en la margen ulterior se eleva la Ciudad de los Inmortales, rica en baluartes y anfiteatros y templos. Antes de la aurora murió, pero yo determiné descubrir la ciudad y su río. Interrogados por el verdugo, algunos prisioneros mauritanos confirmaron la relación del viajero; alguien recordó la llanura elísea, en el término de la tierra, donde la vida de los hombres es perdurable; alguien, las cumbres donde nace el Pactolo, cuyos moradores viven un siglo. En Roma, conversé con filósofos que sintieron que dilatar la vida de los hombres era dilatar su agonía y multiplicar el número de sus muertes. Ignoro si creí alguna vez en la Ciudad de los Inmortales: pienso que entonces me bastó la tarea de buscarla. Flavio, procónsul de Getulia, me entregó doscientos soldados para la empresa. También recluté mercenarios, que se dijeron conocedores de los caminos y que fueron los primeros en desertar.

Los hechos ulteriores han deformado hasta lo inextricable el recuerdo de nuestras primeras jornadas. Partimos de Arsinoe y entramos en el abrasado desierto. Atravesamos el país de los trogloditas, que devoran serpientes y carecen del comercio de la palabra; el de los garamantas, que tienen las mujeres en común y se nutren de leones; el de los augilas, que sólo veneran el Tártaro. Fatigamos otros desiertos, donde es negra la arena, donde el viajero debe usurpar las horas de la noche, pues el fervor del día es intolerable. De lejos divisé la montaña que dio nombre al Océano: en sus laderas crece el euforbio, que anula los venenos; en la cumbre habitan los sátiros, nación de hombres ferales y rústicos, inclinados a la lujuria. Que esas regiones bárbaras, donde la tierra es madre de monstruos, pudieran albergar en su seno una ciudad famosa, a todos nos pareció inconcebible. Proseguimos la marcha, pues hubiera sido una afrenta retroceder. Algunos temerarios durmieron con la cara expuesta a la luna; la fiebre los ardió; en el agua depravada de las cisternas otros bebieron la locura y la muerte. Entonces comenzaron las deserciones; muy poco después, los motines. Para reprimirlos, no vacilé ante el ejercicio de la severidad. Procedí rectamente, pero un centurión me advirtió que los sediciosos (ávidos de vengar la crucifixión de uno de ellos) maquinaban mi muerte. Huí del campamento con los pocos soldados que me eran fieles. En el desierto los perdí, entre los remolinos de arena y la vasta noche. Una flecha cretense me laceró. Varios días erré sin encontrar agua, o un solo enorme día multiplicado por el sol, por la sed y por el temor de la sed. Dejé el camino al arbitrio de mi caballo. En el alba, la lejanía se erizó de pirámides y de torres. Insoportablemente soñé con un exiguo y nítido laberinto: en el centro había un cántaro; mis manos casi lo tocaban, mis ojos lo veían, pero tan intrincadas y perplejas eran las curvas que yo sabía que iba a morir antes de alcanzarlo.

II

Al desenredarme por fin de esa pesadilla, me vi tirado y maniatado en un oblongo nicho de piedra, no mayor que una sepultura común, superficialmente excavado en el agrio declive de una montaña. Los lados eran húmedos, antes pulidos por el tiempo que por la industria. Sentí en el pecho un doloroso latido, sentí que me abrasaba la sed. Me asomé y grité débilmente. Al pie de la montaña se dilataba sin rumor un arroyo impuro, entorpecido por escombros y arena; en la opuesta margen resplandecía (bajo el último sol o bajo el primero) la evidente Ciudad de los Inmortales. Vi muros, arcos, frontispicios y foros: el fundamento era una meseta de piedra. Un centenar de nichos irregulares, análogos al mío, surcaban la montaña y el valle. En la arena había pozos de poca hondura; de esos mezquinos agujeros (y de los nichos) emergían hombres de piel gris, de barba negligente, desnudos. Creí reconocerlos: pertenecían a la estirpe bestial de los trogloditas, que infestan las riberas del Golfo Arábigo y las grutas etiópicas; no me maravillé de que no hablaran y de que devoraran serpientes.

La urgencia de la sed me hizo temerario. Consideré que estaba a unos treinta pies de la arena; me tiré, cerrados los ojos, atadas a la espalda las manos, montaña abajo. Hundí la cara ensangrentada en el agua oscura. Bebí como se abrevan los animales. Antes de perderme otra vez en el sueño y en los delirios, inexplicablemente repetí unas palabras griegas: *Los ricos teucros de Zelea que beben el agua negra del Esepo...*

No sé cuántos días y noches rodaron sobre mí. Doloroso, incapaz de recuperar el abrigo de las cavernas, desnudo en la ignorada arena, dejé que la luna y el sol jugaran con mi aciago destino. Los trogloditas, infantiles en la barbarie, no me ayudaron a sobrevivir o a morir. En vano les rogué que me dieran muerte. Un día, con el filo de un pedernal rompí mis ligaduras. Otro, me levanté y pude mendigar o robar —yo, Marco Flaminio Rufo, tribuno militar de una de las legiones de Roma— mi primera detestada ración de carne de serpiente.

La codicia de ver a los Inmortales, de tocar la sobrehumana Ciudad, casi me vedaba dormir. Como si penetraran mi propósito, no dormían tampoco los trogloditas: al principio inferí que me vigilaban; luego, que se habían contagiado de mi inquietud, como podrían contagiarse los perros. Para alejarme de la bárbara aldea elegí la más pública de las horas, la declinación de la tarde, cuando casi todos los hombres emergen de las grietas y de los pozos y miran el poniente, sin verlo. Oré en voz alta, menos para suplicar el favor divino que para intimidar a la tribu con palabras articuladas. Atravesé el arroyo que los médanos entorpecen y me dirigí a la Ciudad. Confusamente me siguieron dos o tres hombres. Eran (como los otros de ese linaje) de menguada estatura; no inspiraban temor, sino repulsión. Debí rodear algunas hondonadas irregulares que me parecieron canteras; ofuscado por la grandeza de la Ciudad, yo la había creído cercana. Hacia la medianoche, pisé, erizada de formas idolátricas en la arena amarilla, la negra sombra de sus muros. Me detuvo una especie de horror sagrado. Tan abominadas del hombre son la novedad y el desierto que me alegré de que uno de los trogloditas me hubiera acompañado hasta el fin. Cerré los ojos y aguardé (sin dormir) que relumbrara el día.

He dicho que la Ciudad estaba fundada sobre una meseta de piedra. Esta meseta comparable a un acantilado no era menos ardua que los muros. En vano fatigué mis pasos: el negro basamento no descubría la menor irregularidad, los muros invariables no parecían consentir una sola puerta. La fuerza del día hizo que yo me refugiara en una caverna; en el fondo había un pozo, en el pozo una escalera que se abismaba hacia la tiniebla inferior. Bajé; por un caos de sórdidas galerías llegué a una vasta cámara circular, apenas visible. Había nueve puertas en aquel sótano; ocho daban a un laberinto que falazmente desembocaba en la misma cámara; la novena (a través de otro laberinto) daba a una segunda cámara circular, igual a la primera. Ignoro el número total de las cámaras; mi desventura y mi ansiedad las multiplicaron. El silencio era hostil y casi perfecto; otro rumor no había en esas profundas redes de piedra que un viento subterráneo, cuya causa no descubrí; sin ruido se perdían entre las grietas hilos de agua herrumbrada. Horriblemente me habitué a ese dudoso mundo; consideré increíble que pudiera existir otra cosa que sótanos provistos de nueve puertas y que sótanos largos que se bifurcan. Ignoro el tiempo que debí caminar bajo tierra; sé que alguna vez confundí, en la misma nostalgia, la atroz aldea de los bárbaros y mi ciudad natal, entre los racimos.

En el fondo de un corredor, un no previsto muro me cerró el paso, una remota luz cayó sobre mí. Alcé los ofuscados ojos: en lo vertiginoso, en lo altísimo, vi un círculo de cielo tan azul que pudo parecerme de púrpura. Unos peldaños de metal escalaban el muro. La fatiga me relajaba, pero subí, sólo deteniéndome a veces para torpemente sollozar de felicidad. Fui divisando capiteles y astrágalos, frontones triangulares y bóvedas, confusas pompas del granito y del mármol. Así me fue deparado ascender de la ciega región de negros laberintos entretejidos a la resplandeciente Ciudad.

Emergí a una suerte de plazoleta; mejor dicho, de patio. Lo rodeaba un solo edificio de forma irregular y altura variable; a ese edificio heterogéneo pertenecían las diversas cúpulas y columnas. Antes que ningún otro rasgo de ese monumento increíble, me suspendió lo antiquísimo de su fábrica. Sentí que era anterior a los hombres, anterior a la tierra. Esa notoria antigüedad (aunque terrible de algún modo para los ojos) me pareció adecuada al trabajo de obreros inmortales. Cautelosamente al principio, con indiferencia después, con desesperación al fin, erré por escaleras y pavimentos del inextricable palacio. (Después averigüé que eran inconstantes la extensión y la altura de los peldaños, hecho que me hizo comprender la singular fatiga que me infundieron.) *Este palacio es fábrica de los dioses*, pensé primeramente. Exploré los inhabitados recintos y corregí: *Los dioses que lo edificaron han muerto*. Noté sus peculiaridades y dije: *Los dioses que lo edificaron estaban locos*. Lo dije, bien lo sé, con una incomprensible reprobación que era casi un remordimiento, con más horror intelectual que miedo sensible. A la impresión de enorme antigüedad se agregaron otras: la de lo interminable, la de lo atroz, la de lo complejamente insensato. Yo había cruzado un laberinto, pero la nítida Ciudad de los Inmortales me atemorizó y repugnó. Un laberinto es una casa labrada para confundir a los hombres; su arquitectura, pródiga en simetrías, está subordinada a ese fin. En el palacio que imperfectamente exploré, la arquitectura carecía de fin. Abundaban el corredor sin salida, la alta ventana inalcanzable, la aparatosa puerta que daba a una celda o a un pozo, las increíbles escaleras inversas, con los peldaños y la balaustrada hacia abajo. Otras, adheridas aéreamente al costado de un muro monumental, morían sin llegar a ninguna parte, al cabo de dos o tres giros, en la tiniebla superior de las cúpulas. Ignoro si todos los ejemplos que he enumerado son literales; sé que durante muchos años infestaron mis pesadillas; no puedo ya saber si tal o cual rasgo es una transcripción de la realidad o de las formas que desatinaron mis noches. *Esta Ciudad* (pensé) *es tan horrible que su mera existencia y perduración, aunque en el centro de un desierto secreto,*

contamina el pasado y el porvenir y de algún modo com-
promete a los astros. Mientras perdure, nadie en el mundo
podrá ser valeroso o feliz. No quiero describirla; un caos
de palabras heterogéneas, un cuerpo de tigre o de toro, en
el que pulularan monstruosamente, conjugados y odián-
dose, dientes, órganos y cabezas, pueden (tal vez) ser imágenes aproximativas.

No recuerdo las etapas de mi regreso, entre los polvo-
rientos y húmedos hipogeos. Únicamente sé que no me
abandonaba el temor de que, al salir del último laberinto,
me rodeara otra vez la nefanda Ciudad de los Inmortales.
Nada más puedo recordar. Ese olvido, ahora insuperable,
fue quizá voluntario; quizá las circunstancias de mi eva-
sión fueron tan ingratas que, en algún día no menos olvidado también, he jurado olvidarlas.

III

Quienes hayan leído con atención el relato de mis
trabajos recordarán que un hombre de la tribu me siguió como un perro podría seguirme, hasta la sombra
irregular de los muros. Cuando salí del último sótano,
lo encontré en la boca de la caverna. Estaba tirado en la
arena, donde trazaba torpemente y borraba una hilera de
signos, que eran como las letras de los sueños, que uno
está a punto de entender y luego se juntan. Al principio,
creí que se trataba de una escritura bárbara; después vi
que es absurdo imaginar que hombres que no llegaron a
la palabra lleguen a la escritura. Además, ninguna de las
formas era igual a otra, lo cual excluía o alejaba la posi-

bilidad de que fueran simbólicas. El hombre las trazaba, las miraba y las corregía. De golpe, como si le fastidiara ese juego, las borró con la palma y el antebrazo. Me miró, no pareció reconocerme. Sin embargo, tan grande era el alivio que me inundaba (o tan grande y medrosa mi soledad) que di en pensar que ese rudimental troglodita, que me miraba desde el suelo de la caverna, había estado esperándome. El sol caldeaba la llanura; cuando emprendimos el regreso a la aldea, bajo las primeras estrellas, la arena era ardorosa bajo los pies. El troglodita me precedió; esa noche concebí el propósito de enseñarle a reconocer, y acaso a repetir, algunas palabras. El perro y el caballo (reflexioné) son capaces de lo primero; muchas aves, como el ruiseñor de los Césares, de lo último. Por muy basto que fuera el entendimiento de un hombre, siempre sería superior al de irracionales.

La humildad y miseria del troglodita me trajeron a la memoria la imagen de Argos, el viejo perro moribundo de la *Odisea*, y así le puse el nombre de Argos y traté de enseñárselo. Fracasé y volví a fracasar. Los arbitrios, el rigor y la obstinación fueron del todo vanos. Inmóvil, con los ojos inertes, no parecía percibir los sonidos que yo procuraba inculcarle. A unos pasos de mí, era como si estuviera muy lejos. Echado en la arena, como una pequeña y ruinosa esfinge de lava, dejaba que sobre él giraran los cielos, desde el crepúsculo del día hasta el de la noche. Juzgué imposible que no se percatara de mi propósito. Recordé que es fama entre los etíopes que los monos deliberadamente no hablan para que no los obliguen a trabajar y atribuí a suspicacia o a temor el silencio de Argos. De esa imaginación pasé a otras, aun más extravagantes. Pensé que Argos y yo participábamos de universos distintos; pensé que nuestras percepciones eran iguales, pero que Argos las combinaba de otra manera y construía con ellas otros objetos; pensé que acaso no había objetos para él, sino un vertiginoso y continuo juego de impresiones brevísimas. Pensé en un mundo sin memoria, sin tiempo; consideré la posibilidad de un lenguaje que ignorara los sustantivos, un lenguaje de verbos impersonales o de indeclinables epítetos. Así fueron muriendo los días y con los días los años, pero algo parecido a la felicidad ocurrió una mañana. Llovió, con lentitud poderosa.

Las noches del desierto pueden ser frías, pero aquélla había sido un fuego. Soñé que un río de Tesalia (a cuyas aguas yo había restituido un pez de oro) venía a rescatarme; sobre la roja arena y la negra piedra yo lo oía acercarse; la frescura del aire y el rumor atareado de la lluvia me despertaron. Corrí desnudo a recibirla. Declinaba la noche; bajo las nubes amarillas la tribu, no menos dichosa que yo, se ofrecía a los vívidos aguaceros en una especie de éxtasis. Parecían coribantes a quienes posee la divinidad. Argos, puestos los ojos en la esfera, gemía; raudales le rodaban por la cara; no sólo de agua, sino (después lo supe) de lágrimas. "Argos", le grité, "Argos".

Entonces, con mansa admiración, como si descubriera una cosa perdida y olvidada hace mucho tiempo, Argos balbuceó estas palabras: "Argos, perro de Ulises". Y después, también sin mirarme: "Este perro tirado en el estiércol".

Fácilmente aceptamos la realidad, acaso porque intuimos que nada es real. Le pregunté qué sabía de la *Odisea*. La práctica del griego le era penosa; tuve que repetir la pregunta.

"Muy poco", dijo. "Menos que el rapsoda más pobre. Ya habrán pasado mil cien años desde que la inventé."

IV

Todo me fue dilucidado, aquel día. Los trogloditas eran los Inmortales; el riacho de aguas arenosas, el río que buscaba el jinete. En cuanto a la ciudad cuyo renombre se había dilatado hasta el Ganges, nueve siglos haría que los Inmortales la habían asolado. Con las reliquias de su ruina erigieron, en el mismo lugar, la desatinada ciudad que yo recorrí: suerte de parodia o reverso y también templo de los dioses irracionales que manejan el mundo y de los que nada sabemos, salvo que no se parecen al hombre. Aquella fundación fue el último símbolo a que condescendieron los Inmortales; marca una etapa en que, juzgando que toda empresa es vana, determinaron vivir en el pensamiento, en la pura especulación. Erigieron la fábrica, la olvidaron y fueron a morar en las cuevas. Absortos, casi no percibían el mundo físico.

Esas cosas Homero las refirió, como quien habla con un niño. También me refirió su vejez y el postrer viaje que emprendió, movido, como Ulises, por el propósito de llegar a los hombres que no saben lo que es el mar ni comen carne sazonada con sal ni sospechan lo que es un remo. Habitó un siglo en la Ciudad de los Inmortales. Cuando la derribaron, aconsejó la fundación de la otra. Ello no debe sorprendernos; es fama que después de cantar la guerra de Ilión, cantó la guerra de las ranas y los ratones. Fue como un dios que creara el cosmos y luego el caos.

Ser inmortal es baladí; menos el hombre, todas las criaturas lo son, pues ignoran la muerte; lo divino, lo terrible, lo incomprensible, es saberse inmortal. He notado que, pese a las religiones, esa convicción es rarísima. Israelitas, cristianos y musulmanes profesan la inmortalidad, pero la veneración que tributan al primer siglo prueba que sólo creen en él, ya que destinan todos los demás, en número infinito, a premiarlo o a castigarlo. Más razonable me parece la rueda de ciertas religiones del Indostán; en esa rueda, que no tiene principio ni fin, cada vida es efecto de la anterior y engendra la siguiente, pero ninguna determina el conjunto... Adoctrinada por un ejercicio de siglos, la república de hombres inmortales había logrado la perfección de la tolerancia y casi del desdén. Sabía que en un plazo infinito le ocurren a todo hombre todas las cosas. Por sus pasadas o futuras virtudes, todo hombre es acreedor a toda bondad, pero también a toda traición, por sus infamias del pasado o del porvenir. Así como en los juegos de azar las cifras pares y las cifras impares tienden al equilibrio, así también se anulan y se corrigen el ingenio y la estolidez, y acaso el rústico *Poema del Cid* es el contrapeso exigido por un solo epíteto de las *Églogas* o por una sentencia de Heráclito. El pensamiento más fugaz obedece a un dibujo invisible y puede coronar, o inaugurar, una forma secreta. Sé de quienes obraban el mal para que en los siglos futuros resultara el bien, o hubiera resultado en los ya pretéritos... Encarados así, todos nuestros actos son justos, pero también son indiferentes. No hay méritos morales o intelectuales. Homero compuso la *Odisea*; postulado un plazo infinito, con infinitas circunstancias y cambios, lo imposible es no componer, siquiera una vez, la *Odisea*. Nadie es alguien, un solo hombre inmortal es todos los hombres. Como Cornelio Agrippa, soy dios, soy héroe, soy filósofo, soy demonio y soy mundo, lo cual es una fatigosa manera de decir que no soy.

El concepto del mundo como sistema de precisas compensaciones influyó vastamente en los Inmortales. En primer término, los hizo invulnerables a la piedad. He mencionado las antiguas canteras que rompían los campos de la otra margen; un hombre se despeñó en la más honda; no podía lastimarse ni morir, pero lo abrasaba la sed; antes que le arrojaran una cuerda pasaron setenta años. Tampoco interesaba el propio destino. El cuerpo era un sumiso animal doméstico y le bastaba, cada mes, la limosna de unas horas de sueño, de un poco de agua y de una piltrafa de carne. Que nadie quiera rebajarnos a ascetas. No hay placer más complejo que el pensamiento y a él nos entregábamos. A veces, un estímulo extraordinario nos restituía al mundo físico. Por ejemplo, aquella mañana, el viejo goce elemental de la lluvia. Esos lapsos eran rarísimos; todos los Inmortales eran capaces de perfecta quietud; recuerdo alguno a quien jamás he visto de pie: un pájaro anidaba en su pecho.

Entre los corolarios de la doctrina de que no hay cosa que no esté compensada por otra, hay uno de muy poca importancia teórica, pero que nos indujo, a fines o a principios del siglo x, a dispersarnos por la faz de la tierra. Cabe en estas palabras: *Existe un río cuyas aguas dan la inmortalidad; en alguna región habrá otro río cuyas aguas la borren*. El número de ríos no es infinito; un viajero inmortal que recorra el mundo acabará, algún día, por haber bebido de todos. Nos propusimos descubrir ese río.

La muerte (o su alusión) hace preciosos y patéticos a los hombres. Éstos conmueven por su condición de fantasmas; cada acto que ejecutan puede ser último; no hay rostro que no esté por desdibujarse como el rostro de un sueño. Todo, entre los mortales, tiene el valor de lo irrecuperable y de lo azaroso. Entre los Inmortales, en cambio, cada acto (y cada pensamiento) es el eco de otros que en el pasado lo antecedieron, sin principio visible, o el fiel presagio de otros que en el futuro lo repetirán hasta el vértigo. No hay cosa que no esté como perdida entre infatigables espejos. Nada puede ocurrir una sola vez, nada es preciosamente precario. Lo elegíaco, lo grave, lo ceremonial, no rigen para los Inmortales. Homero y yo nos separamos en las puertas de Tánger; creo que no nos dijimos adiós.

V

Recorrí nuevos reinos, nuevos imperios. En el otoño de 1066 milité en el puente de Stamford, ya no recuerdo si en las filas de Harold, que no tardó en hallar su destino, o en las de aquel infausto Harald Hardrada que conquistó seis pies de tierra inglesa, o un poco más. En el séptimo siglo de la Héjira, en el arrabal de Bulaq, transcribí con pausada caligrafía, en un idioma que he olvidado, en un alfabeto que ignoro, los siete viajes de Simbad y la historia de la Ciudad de Bronce. En un patio de la cárcel de Samarcanda he jugado muchísimo al ajedrez. En Bikanir he profesado la astrología y también en Bohemia. En 1638 estuve en Kolozsvár y después en Leipzig. En Aberdeen, en 1714, me suscribí a los seis volúmenes de la *Ilíada* de Pope; sé que los frecuenté con deleite. Hacia 1729 discutí el origen de ese poema con un profesor de retórica, llamado, creo, Giambattista; sus razones me parecieron irrefutables. El 4 de octubre de 1921, el *Patna*, que me conducía a Bombay, tuvo que fondear en un puerto de la costa eritrea.[1] Bajé; recordé otras mañanas muy antiguas, también frente al Mar Rojo; cuando yo era tribuno de Roma y la fiebre y la magia y la inacción consumían a los soldados. En las afueras vi un caudal de agua clara; la probé, movido por la costumbre. Al repechar la margen, un árbol espinoso me laceró el dorso de la mano. El inusitado dolor me pareció muy vivo. Incrédulo, silencioso y feliz, contemplé la preciosa formación de una lenta gota de sangre. De nuevo soy mortal, me repetí, de nuevo me parezco a todos los hombres. Esa noche, dormí hasta el amanecer.

...He revisado, al cabo de un año, estas páginas. Me consta que se ajustan a la verdad, pero en los primeros capítulos, y aun en ciertos párrafos de los otros, creo percibir algo falso. Ello es obra, tal vez, del abuso de rasgos circunstanciales, procedimiento que aprendí en los poetas y que todo lo contamina de falsedad, ya que esos rasgos pueden abundar en los hechos, pero no en su memoria... Creo, sin embargo, haber descubierto una razón más íntima. La escribiré; no importa que me juzguen fantástico.

La historia que he narrado parece irreal porque en ella se mezclan los sucesos de dos hombres distintos. En

---

1. Hay una tachadura en el manuscrito; tal vez el nombre del puerto ha sido borrado.

el primer capítulo, el jinete quiere saber el nombre del río que baña las murallas de Tebas; Flaminio Rufo, que antes ha dado a la ciudad el epíteto de Hekatómpylos, dice que el río es el Egipto; ninguna de esas locuciones es adecuada a él, sino a Homero, que hace mención expresa, en la *Ilíada*, de Tebas Hekatómpylos, y en la *Odisea*, por boca de Proteo y de Ulises, dice invariablemente Egipto por Nilo. En el capítulo segundo, el romano, al beber el agua inmortal, pronuncia unas palabras en griego; esas palabras son homéricas y pueden buscarse en el fin del famoso catálogo de las naves. Después, en el vertiginoso palacio, habla de "una reprobación que era casi un remordimiento"; esas palabras corresponden a Homero, que había proyectado ese horror. Tales anomalías me inquietaron; otras, de orden estético, me permitieron descubrir la verdad. El último capítulo las incluye; ahí está escrito que milité en el puente de Stamford, que transcribí, en Bulaq, los viajes de Simbad el Marino y que me suscribí, en Aberdeen, a la *Ilíada* inglesa de Pope. Se lee, *inter alia*: "En Bikanir he profesado la astrología y también en Bohemia". Ninguno de esos testimonios es falso; lo significativo es el hecho de haberlos destacado. El primero de todos parece convenir a un hombre de guerra, pero luego se advierte que el narrador no repara en lo bélico y sí en la suerte de los hombres. Los que siguen son más curiosos. Una oscura razón elemental me obligó a registrarlos; lo hice porque sabía que eran patéticos. No lo son, dichos por el romano Flaminio Rufo. Lo son, dichos por Homero; es raro que éste copie, en el siglo XIII, las aventuras de Simbad, de otro Ulises, y descubra, a la vuelta de muchos siglos, en un reino boreal y un idioma

bárbaro, las formas de su *Ilíada*. En cuanto a la oración
que recoge el nombre de Bikanir, se ve que la ha fabricado un hombre de letras, ganoso (como el autor del catálogo de las naves) de mostrar vocablos espléndidos.[1]

Cuando se acerca el fin, ya no quedan imágenes del recuerdo; sólo quedan palabras. No es extraño que el tiempo
haya confundido las que alguna vez me representaron con
las que fueron símbolos de la suerte de quien me acompa-
ñó tantos siglos. Yo he sido Homero; en breve, seré Nadie, como Ulises; en breve seré todos: estaré muerto.

Posdata de 1950. Entre los comentarios que ha despertado la publicación anterior, el más curioso, ya que no el
más urbano, bíblicamente se titula *A Coat of Many Co-
lours* (Manchester, 1948) y es obra de la tenacísima pluma
del doctor Nahum Cordovero. Abarca unas cien páginas.
Habla de los centones griegos, de los centones de la baja
latinidad, de Ben Jonson, que definió a sus contemporáneos con retazos de Séneca, del *Virgilius evangelizans* de
Alexander Ross, de los artificios de George Moore y de
Eliot y, finalmente, de la "narración atribuida al anticuario Joseph Cartaphilus". Denuncia, en el primer capítulo,
breves interpolaciones de Plinio (*Historia naturalis*, V. 8);
en el segundo, de Thomas de Quincey (*Writings*, III, 439);
en el tercero, de una epístola de Descartes al embajador

---

1. Ernesto Sabato sugiere que el "Giambattista" que discutió la
formación de la *Ilíada* con el anticuario Cartaphilus es Giambattista
Vico; ese italiano defendía que Homero es un personaje simbólico, a
la manera de Plutón o de Aquiles.

Pierre Chanut; en el cuarto, de Bernard Shaw (*Back to Methuselah*, V). Infiere de esas intrusiones, o hurtos, que todo el documento es apócrifo.

A mi entender, la conclusión es inadmisible. "Cuando se acerca el fin", escribió Cartaphilus, "ya no quedan imágenes del recuerdo; sólo quedan palabras." Palabras, palabras desplazadas y mutiladas, palabras de otros, fue la pobre limosna que le dejaron las horas y los siglos.

A Cecilia Ingenieros

El muerto

Que un hombre del suburbio de Buenos Aires, que un triste compadrito sin más virtud que la infatuación del coraje, se interne en los desiertos ecuestres de la frontera del Brasil y llegue a capitán de contrabandistas, parece de antemano imposible. A quienes lo entienden así, quiero contarles el destino de Benjamín Otálora, de quien acaso no perdura un recuerdo en el barrio de Balvanera y que murió en su ley, de un balazo, en los confines de Rio Grande do Sul. Ignoro los detalles de su aventura; cuando me sean revelados, he de rectificar y ampliar estas páginas. Por ahora, este resumen puede ser útil.

Benjamín Otálora cuenta, hacia 1891, diecinueve años. Es un mocetón de frente mezquina, de sinceros ojos claros, de reciedumbre vasca; una puñalada feliz le ha revelado que es un hombre valiente; no lo inquieta la muerte de su contrario, tampoco la inmediata necesidad de huir de la República. El caudillo de la parroquia le da una carta para un tal Azevedo Bandeira, del Uruguay. Otálora se embarca, la travesía es tormentosa y crujiente; al otro día, vaga por las calles de Montevideo, con inconfesada y tal vez ignorada tristeza. No da con Azevedo Bandeira; hacia la medianoche, en un almacén del Paso del Molino, asiste a un altercado entre unos troperos. Un cuchillo relumbra; Otálora no sabe de qué lado está la razón, pero lo atrae el puro sabor del peligro, como a otros la baraja o la música.

Para, en el entrevero, una puñalada baja que un peón le tira a un hombre de galera oscura y de poncho. Éste, después, resulta ser Azevedo Bandeira. (Otálora, al saberlo, rompe la carta, porque prefiere debérselo todo a sí mismo.) Azevedo Bandeira da, aunque fornido, la injustificable impresión de ser contrahecho; en su rostro, siempre demasiado cercano, están el judío, el negro y el indio; en su empaque, el mono y el tigre; la cicatriz que le atraviesa la cara es un adorno más, como el negro bigote cerdoso.

Proyección o error del alcohol, el altercado cesa con la misma rapidez con que se produjo. Otálora bebe con los troperos y luego los acompaña a una farra y luego a un caserón en la Ciudad Vieja, ya con el sol bien alto. En el último patio, que es de tierra, los hombres tienden su recado para dormir. Oscuramente, Otálora compara esa noche con la anterior; ahora ya pisa tierra firme, entre amigos. Lo inquieta algún remordimiento, eso sí, de no extrañar a Buenos Aires. Duerme hasta la oración, cuando lo despierta el paisano que agredió, borracho, a Bandeira. (Otálora recuerda que ese hombre ha compartido con los otros la noche de tumulto y de júbilo y que Bandeira lo sentó a su derecha y lo obligó a seguir bebiendo.) El hombre le dice que el patrón lo manda buscar. En una suerte de escritorio que da al zaguán (Otálora nunca ha visto un zaguán con puertas laterales) está esperándolo Azevedo Bandeira, con una clara y desdeñosa mujer de pelo colorado. Bandeira lo pondera, le ofrece una copa de caña, le repite que le está pareciendo un hombre animoso, le propone ir al norte con los demás a traer una tropa. Otálora acepta; hacia la madrugada están en camino, rumbo a Tacuarembó.

Empieza entonces para Otálora una vida distinta, una vida de vastos amaneceres y de jornadas que tienen el olor del caballo. Esa vida es nueva para él, y a veces atroz, pero ya está en su sangre, porque lo mismo que los hombres de otras naciones veneran y presienten el mar, así nosotros (también el hombre que entreteje estos símbolos) ansiamos la llanura inagotable que resuena bajo los cascos. Otálora se ha criado en los barrios del carrero y del cuarteador; antes de un año se hace gaucho. Aprende a jinetear, a entropillar la hacienda, a carnear, a manejar el lazo que sujeta y las boleadoras que tumban, a resistir el sueño, las tormentas, las heladas y el sol, a arrear con el silbido y el grito. Sólo una vez, durante ese tiempo de aprendizaje, ve a Azevedo Bandeira, pero lo tiene muy presente, porque ser *hombre de Bandeira* es ser considerado y temido, y porque, ante cualquier hombrada, los gauchos dicen que Bandeira lo hace mejor. Alguien opina que Bandeira nació del otro lado del Cuareim, en Rio Grande do Sul; eso, que debería rebajarlo, oscuramente lo enriquece de selvas populosas, de ciénagas, de inextricables y casi infinitas distancias. Gradualmente, Otálora entiende que los negocios de Bandeira son múltiples y que el principal es el contrabando. Ser tropero es ser un sirviente; Otálora se propone ascender a contrabandista. Dos de los compañeros, una noche, cruzarán la frontera para volver con unas partidas de caña; Otálora provoca a uno de ellos, lo hiere y toma su lugar. Lo mueve la ambición y también una oscura fidelidad. *Que el hombre* (piensa) *acabe por entender que yo valgo más que todos sus orientales juntos.*

Otro año pasa antes que Otálora regrese a Montevideo. Recorren las orillas, la ciudad (que a Otálora le parece muy grande); llegan a casa del patrón; los hombres tienden los recados en el último patio. Pasan los días y Otálora no ha visto a Bandeira. Dicen, con temor, que está enfermo; un moreno suele subir a su dormitorio con la caldera y con el mate. Una tarde, le encomiendan a Otálora esa tarea. Éste se siente vagamente humillado, pero satisfecho también.

El dormitorio es desmantelado y oscuro. Hay un balcón que mira al poniente, hay una larga mesa con un resplandeciente desorden de taleros, de arreadores, de cintos, de armas de fuego y de armas blancas, hay un remoto espejo que tiene la luna empañada. Bandeira yace boca arriba; sueña y se queja; una vehemencia de sol último lo define. El vasto lecho blanco parece disminuirlo y oscurecerlo; Otálora nota las canas, la fatiga, la flojedad, las grietas de los años. Lo subleva que los esté mandando ese viejo. Piensa que un golpe bastaría para dar cuenta de él. En eso, ve en el espejo que alguien ha entrado. Es la mujer de pelo rojo; está a medio vestir y descalza y lo observa con fría curiosidad. Bandeira se incorpora; mientras habla de cosas de la campaña y despacha mate tras mate, sus dedos juegan con las trenzas de la mujer. Al fin, le da licencia a Otálora para irse.

Días después, les llega la orden de ir al norte. Arriban a una estancia perdida, que está como en cualquier lugar de la interminable llanura. Ni árboles ni un arroyo la alegran, el primer sol y el último la golpean. Hay corrales de piedra para la hacienda, que es guampuda y menesterosa. *El Suspiro* se llama ese pobre establecimiento.

Otálora oye en rueda de peones que Bandeira no tardará en llegar de Montevideo. Pregunta por qué; alguien aclara que hay un forastero agauchado que está queriendo mandar demasiado. Otálora comprende que es una broma, pero le halaga que esa broma ya sea posible. Averigua, después, que Bandeira se ha enemistado con uno de los jefes políticos y que éste le ha retirado su apoyo. Le gusta esa noticia.

Llegan cajones de armas largas; llegan una jarra y una palangana de plata para el aposento de la mujer; llegan cortinas de intrincado damasco; llega de las cuchillas, una mañana, un jinete sombrío, de barba cerrada y de poncho. Se llama Ulpiano Suárez y es el *capanga* o guardaespaldas de Azevedo Bandeira. Habla muy poco y de una manera abrasilerada. Otálora no sabe si atribuir su reserva a hostilidad, a desdén o a mera barbarie. Sabe, eso sí, que para el plan que está maquinando tiene que ganar su amistad.

Entra después en el destino de Benjamín Otálora un colorado cabos negros que trae del sur Azevedo Bandeira y que luce apero chapeado y carona con bordes de piel de tigre. Ese caballo liberal es un símbolo de la autoridad del patrón y por eso lo codicia el muchacho, que llega también a desear, con deseo rencoroso, a la mujer de pelo resplandeciente. La mujer, el apero y el colorado son atributos o adjetivos de un hombre que él aspira a destruir.

Aquí la historia se complica y se ahonda. Azevedo Bandeira es diestro en el arte de la intimidación progresiva, en la satánica maniobra de humillar al interlocutor gradualmente, combinando veras y burlas; Otálora resuelve aplicar ese método ambiguo a la dura tarea que se propone. Resuelve suplantar, lentamente, a Azevedo Bandeira. Logra, en jornadas de peligro común, la amistad de Suárez. Le confía su plan; Suárez le promete su ayuda. Muchas cosas van aconteciendo después, de las que sé unas pocas. Otálora no obedece a Bandeira; da en olvidar, en corregir, en invertir sus órdenes. El universo parece conspirar con él y apresura los hechos. Un mediodía, ocurre en campos de Tacuarembó un tiroteo con gente riograndense; Otálora usurpa el lugar de Bandeira y manda a los orientales. Le atraviesa el hombro una bala, pero esa tarde Otálora regresa al *Suspiro* en el colorado del jefe y esa tarde unas gotas de su sangre manchan la piel de tigre y esa noche duerme con la mujer de pelo reluciente. Otras versiones cambian el orden de estos hechos y niegan que hayan ocurrido en un solo día.

Bandeira, sin embargo, siempre es nominalmente el jefe. Da órdenes que no se ejecutan; Benjamín Otálora no lo toca, por una mezcla de rutina y de lástima.

La última escena de la historia corresponde a la agitación de la última noche de 1894. Esa noche, los hombres del *Suspiro* comen cordero recién carneado y beben un alcohol pendenciero. Alguien infinitamente rasguea una trabajosa milonga. En la cabecera de la mesa, Otálora, borracho, erige exultación sobre exultación, júbilo sobre júbilo; esa torre de vértigo es un símbolo de su irresistible destino. Bandeira, taciturno entre los que gritan, deja que fluya clamorosa la noche. Cuando las doce campanadas resuenan, se levanta como quien recuerda una obligación. Se levanta y golpea con suavidad la puerta de la mujer. Ésta le abre enseguida, como si esperara el llamado. Sale a medio vestir y descalza. Con una voz que se afemina y se arrastra, el jefe le ordena:

—Ya que vos y el porteño se quieren tanto, ahora mismo le vas a dar un beso a vista de todos.

Agrega una circunstancia brutal. La mujer quiere resistir, pero dos hombres la han tomado del brazo y la echan sobre Otálora. Arrasada en lágrimas, le besa la cara y el pecho. Ulpiano Suárez ha empuñado el revólver. Otálora comprende, antes de morir, que desde el principio lo han traicionado, que ha sido condenado a muerte, que le han permitido el amor, el mando y el triunfo, porque ya lo daban por muerto, porque para Bandeira ya estaba muerto.

Suárez, casi con desdén, hace fuego.

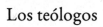

Los teólogos

Arrasado el jardín, profanados los cálices y las aras, entraron a caballo los hunos en la biblioteca monástica y rompieron los libros incomprensibles y los vituperaron y los quemaron, acaso temerosos de que las letras encubrieran blasfemias contra su dios, que era una cimitarra de hierro. Ardieron palimpsestos y códices, pero en el corazón de la hoguera, entre la ceniza, perduró casi intacto el libro duodécimo de la *Civitas Dei*, que narra que Platón enseñó en Atenas que, al cabo de los siglos, todas las cosas recuperarán su estado anterior, y él, en Atenas, ante el mismo auditorio, de nuevo enseñará esa doctrina. El texto que las llamas perdonaron gozó de una veneración especial y quienes lo leyeron y releyeron en esa remota provincia dieron en olvidar que el autor sólo declaró esa doctrina para poder mejor confutarla. Un siglo después, Aureliano, coadjutor de Aquilea, supo que a orillas del Danubio la novísima secta de los *monótonos* (llamados también *anulares*) profesaba que la historia es un círculo y que nada es que no haya sido y que no será. En las montañas, la Rueda y la Serpiente habían desplazado a la Cruz. Todos temían, pero todos se confortaban con el rumor de que Juan de Panonia, que se había distinguido por un tratado sobre el séptimo atributo de Dios, iba a impugnar tan abominable herejía.

Aureliano deploró esas nuevas, sobre todo la última. Sabía que en materia teológica no hay novedad sin riesgo; luego reflexionó que la tesis de un tiempo circular era demasiado disímil, demasiado asombrosa, para que el riesgo fuera grave. (Las herejías que debemos temer son las que pueden confundirse con la ortodoxia.) Más le dolió la intervención —la intrusión— de Juan de Panonia. Hace dos años, éste había usurpado con su verboso *De septima affectione Dei sive de aeternitate* un asunto de la especialidad de Aureliano; ahora, como si el problema del tiempo le perteneciera, iba a rectificar, tal vez con argumentos de Procusto, con triacas más temibles que la Serpiente, a los anulares… Esa noche, Aureliano pasó las hojas del antiguo diálogo de Plutarco sobre la cesación de los oráculos; en el párrafo 29, leyó una burla contra los estoicos que defienden un infinito ciclo de mundos, con infinitos soles, lunas, Apolos, Dianas y Poseidones. El hallazgo le pareció un pronóstico favorable; resolvió adelantarse a Juan de Panonia y refutar a los heréticos de la Rueda.

Hay quien busca el amor de una mujer para olvidarse de ella, para no pensar más en ella; Aureliano, parejamente, quería superar a Juan de Panonia para curarse del rencor que éste le infundía, no para hacerle mal. Atemperado por el mero trabajo, por la fabricación de silogismos y la invención de injurias, por los *nego* y los *autem* y los *nequaquam*, pudo olvidar ese rencor. Erigió vastos y casi inextricables períodos, estorbados de incisos, donde la negligencia y el solecismo parecían formas del desdén. De la cacofonía hizo un instrumento. Previó que Juan fulminaría a los anulares con gravedad profética; optó, para no coincidir con él, por el escarnio. Agustín había escrito que Jesús es la vía recta que nos salva del laberinto circular en que andan los impíos; Aureliano, laboriosamente trivial, los equiparó con Ixión, con el hígado de Prometeo, con Sísifo, con aquel rey de Tebas que vio dos soles, con la tartamudez, con loros, con espejos, con ecos, con mulas de noria y con silogismos bicornutos. (Las fábulas gentílicas perduraban, rebajadas a adornos.) Como todo poseedor de una biblioteca, Aureliano se sabía culpable de no conocerla hasta el fin; esa controversia le permitió cumplir con muchos libros que parecían reprocharle su incuria. Así pudo engastar un pasaje de la obra *De principiis* de Orígenes, donde se niega que Judas Iscariote volverá a vender al Señor, y Pablo a presenciar en Jerusalén el martirio de Esteban, y otro de los *Academica priora* de Cicerón, en el que éste se burla de quienes sueñan que mientras él conversa con Lúculo, otros Lúculos y otros Cicerones, en número infinito, dicen puntualmente lo mismo, en infinitos mundos iguales. Además, esgrimió contra los monótonos el texto de Plutarco y denunció lo escandaloso de que a un idólatra le valiera más el *lumen naturae* que a ellos la palabra de Dios. Nueve días le tomó ese trabajo; el décimo, le fue remitido un traslado de la refutación de Juan de Panonia.

Era casi irrisoriamente breve; Aureliano la miró con desdén y luego con temor. La primera parte glosaba los versículos terminales del noveno capítulo de la Epístola a los Hebreos, donde se dice que Jesús no fue sacrificado muchas veces desde el principio del mundo, sino ahora una vez en la consumación de los siglos. La segunda alegaba el precepto bíblico sobre las vanas repeticiones de los gentiles (Mateo 6:7) y aquel pasaje del séptimo libro de Plinio, que pondera que en el dilatado universo no haya dos caras iguales. Juan de Panonia declaraba que tampoco hay dos almas y que el pecador más vil es precioso como la sangre que por él vertió Jesucristo. El acto de un solo hombre (afirmó) pesa más que los nueve cielos concéntricos y trasoñar que puede perderse y volver es una aparatosa frivolidad. El tiempo no rehace lo que perdemos; la eternidad lo guarda para la gloria y también para el fuego. El tratado era límpido, universal; no parecía redactado por una persona concreta, sino por cualquier hombre o, quizá, por todos los hombres.

Aureliano sintió una humillación casi física. Pensó destruir o reformar su propio trabajo; luego, con rencorosa probidad, lo mandó a Roma sin modificar una letra. Meses después, cuando se juntó el concilio de Pérgamo, el teólogo encargado de impugnar los errores de los monótonos fue (previsiblemente) Juan de Panonia; su docta y mesurada refutación bastó para que Euforbo, heresiarca, fuera condenado a la hoguera. "Esto ha ocurrido y volverá a ocurrir", dijo Euforbo. "No encendéis una pira, encendéis un laberinto de fuego. Si aquí se unieran todas las hogueras que he sido, no cabrían en la tierra y quedarían ciegos los ángeles. Esto lo dije muchas veces." Después gritó, porque lo alcanzaron las llamas.

Cayó la Rueda ante la Cruz,[1] pero Aureliano y Juan prosiguieron su batalla secreta. Militaban los dos en el mismo ejército, anhelaban el mismo galardón, guerreaban contra el mismo Enemigo, pero Aureliano no escribió una palabra que inconfesablemente no propendiera

---

1. En las cruces rúnicas los dos emblemas enemigos conviven entrelazados.

a superar a Juan. Su duelo fue invisible; si los copiosos índices no me engañan, no figura una sola vez el nombre del *otro* en los muchos volúmenes de Aureliano que atesora la *Patrología* de Migne. (De las obras de Juan, sólo han perdurado veinte palabras.) Los dos desaprobaron los anatemas del segundo concilio de Constantinopla; los dos persiguieron a los arrianos, que negaban la generación eterna del Hijo; los dos atestiguaron la ortodoxia de la *Topographia christiana* de Cosmas, que enseña que la tierra es cuadrangular, como el tabernáculo hebreo. Desgraciadamente, por los cuatro ángulos de la tierra cundió otra tempestuosa herejía. Oriunda del Egipto o del Asia (porque los testimonios difieren y Bousset no quiere admitir las razones de Harnack), infestó las provincias orientales y erigió santuarios en Macedonia, en Cartago y en Tréveris. Pareció estar en todas partes; se dijo que en la diócesis de Britania habían sido invertidos los crucifijos y que a la imagen del Señor, en Cesárea, la había suplantado un espejo. El espejo y el óbolo eran emblemas de los nuevos cismáticos.

La historia los conoce por muchos nombres (*especulares*, *abismales*, *cainitas*), pero de todos el más recibido es *histriones*, que Aureliano les dio y que ellos con atrevimiento adoptaron. En Frigia les dijeron *simulacros*, y también en Dardania. Juan Damasceno los llamó *formas*; justo es advertir que el pasaje ha sido rechazado por Erfjord. No hay heresiólogo que con estupor no refiera sus desaforadas costumbres. Muchos histriones profesaron el ascetismo; alguno se mutiló, como Orígenes; otros moraron bajo tierra, en las cloacas; otros se arrancaron los ojos; otros (los *nabucodonosores* de

Nitria) "pacían como los bueyes y su pelo crecía como de águila". De la mortificación y el rigor pasaban, muchas veces, al crimen; ciertas comunidades toleraban el robo; otras, el homicidio; otras, la sodomía, el incesto y la bestialidad. Todas eran blasfemas; no sólo maldecían del Dios cristiano, sino de las arcanas divinidades de su propio panteón. Maquinaron libros sagrados, cuya desaparición deploran los doctos. Sir Thomas Browne, hacia 1658, escribió "El tiempo ha aniquilado los ambiciosos *Evangelios Histriónicos*, no las Injurias con que se fustigó su Impiedad". Erfjord ha sugerido que esas "injurias" (que preserva un códice griego) son los evangelios perdidos. Ello es incomprensible, si ignoramos la cosmología de los histriones.

En los Libros Herméticos está escrito que lo que hay abajo es igual a lo que hay arriba, y lo que hay arriba, igual a lo que hay abajo; en el *Zohar*, que el mundo inferior es reflejo del superior. Los histriones fundaron su doctrina sobre una perversión de esa idea. Invocaron a Mateo 6:12 ("perdónanos nuestras deudas, como nosotros perdonamos a nuestros deudores") y 11:12 ("el reino de los cielos padece fuerza") para demostrar que la tierra influye en el cielo, y a I Corintios 13:12 ("vemos ahora por espejo, en oscuridad") para demostrar que todo lo que vemos es falso. Quizá contaminados por los monótonos, imaginaron que todo hombre es dos hombres y que el verdadero es el otro, el que está en el cielo. También imaginaron que nuestros actos proyectan un reflejo invertido, de suerte que si velamos, el otro duerme, si fornicamos, el otro es casto, si robamos, el otro es generoso. Muertos, nos uniremos a él y seremos él. (Algún eco de esas doctrinas perduró en Bloy.) Otros histriones discurrieron que el mundo concluiría cuando se agotara la cifra de sus posibilidades; ya que no puede haber repeticiones, el justo debe eliminar (cometer) los actos más infames, para que estos no manchen el porvenir y para acelerar el advenimiento del reino de Jesús. Este artículo fue negado por otras sectas, que defendieron que la historia del mundo debe cumplirse en cada hombre. Los más, como Pitágoras deberán trasmigrar por muchos cuerpos antes de obtener su liberación; algunos, los proteicos, "en el término de una sola vida son leones, son dragones, son jabalíes, son agua y son un árbol". Demóstenes refiere la purificación por el fango a que eran sometidos los iniciados, en los misterios órficos; los proteicos, analógicamente, buscaron la purificación por el mal. Entendieron, como Carpócrates, que nadie saldrá de la cárcel hasta pagar el último óbolo (Lucas 12:59), y solían embaucar a los penitentes con este otro versículo: "Yo he venido para que tengan vida los hombres y para que la tengan en abundancia" (Juan 10:10). También decían que no ser un malvado es una soberbia satánica… Muchas y divergentes mitologías urdieron los histriones; unos predicaron el ascetismo, otros la licencia, todos la confusión. Teopompo, histrión de Berenice, negó todas las fábulas; dijo que cada hombre es un órgano que proyecta la divinidad para sentir el mundo.

Los herejes de la diócesis de Aureliano eran de los que afirmaban que el tiempo no tolera repeticiones, no de los que afirmaban que todo acto se refleja en el cielo. Esa circunstancia era rara; en un informe a las autoridades romanas, Aureliano la mencionó. El prelado que recibiría el informe era confesor de la emperatriz; nadie ignoraba que ese ministerio exigente le vedaba las íntimas delicias de la teología especulativa. Su secretario —antiguo colaborador de Juan de Panonia, ahora enemistado con él— gozaba del renombre de puntualísimo inquisidor de heterodoxias; Aureliano agregó una exposición de la herejía histriónica, tal como ésta se daba en los conventículos de Genua y de Aquilea. Redactó unos párrafos; cuando quiso escribir la tesis atroz de que no hay dos instantes iguales, su pluma se detuvo. No dio con la fórmula necesaria; las admoniciones de la nueva doctrina ("¿Quieres ver lo que no vieron ojos humanos? Mira la luna. ¿Quieres oír lo que los oídos no oyeron? Oye el grito del pájaro. ¿Quieres tocar lo que no tocaron las manos? Toca la tierra. Verdaderamente digo que Dios está por crear el mundo") eran harto afectadas y metafóricas para la transcripción. De pronto, una oración de veinte palabras se presentó a su espíritu. La escribió, gozoso; inmediatamente después, lo inquietó la sospecha de que era ajena. Al día siguiente, recordó que la había leído hacía muchos años en el *Adversus annulares* que compuso Juan de Panonia. Verificó la cita; ahí estaba. La incertidumbre lo atormentó. Variar o suprimir esas palabras, era debilitar la expresión; dejarlas, era plagiar a un hombre que aborrecía; indicar la fuente, era denunciarlo. Imploró el socorro divino. Hacia el principio del segundo crepúsculo, el ángel de su guarda le dictó una solución intermedia. Aureliano conservó las palabras, pero les antepuso este aviso: "Lo que ladran ahora los heresiarcas para confusión de la fe, lo dijo en este siglo un varón doctísimo, con más ligereza que culpa". Después, ocurrió lo temido, lo esperado, lo inevitable. Aureliano tuvo que declarar quién era ese varón; Juan de Panonia fue acusado de profesar opiniones heréticas.

Cuatro meses después, un herrero del Aventino, alucinado por los engaños de los histriones, cargó sobre los hombros de su hijito una gran esfera de hierro, para que su doble volara. El niño murió; el horror engendrado por ese crimen impuso una intachable severidad a los jueces de Juan. Éste no quiso retractarse; repitió que negar su proposición era incurrir en la pestilencial herejía de los monótonos. No entendió (no quiso entender) que hablar de los monótonos era hablar de lo ya olvidado. Con insistencia algo senil, prodigó los períodos más brillantes de sus viejas polémicas; los jueces ni siquiera oían lo que los arrebató alguna vez. En lugar de tratar de purificarse de la más leve mácula de histrionismo, se esforzó en demostrar que la proposición de que lo acusaban era rigurosamente ortodoxa. Discutió con los hombres de cuyo fallo dependía su suerte y cometió la máxima torpeza de hacerlo con ingenio y con ironía. El 26 de octubre, al cabo de una discusión que duró tres días y tres noches, lo sentenciaron a morir en la hoguera.

Aureliano presenció la ejecución, porque no hacerlo era confesarse culpable. El lugar del suplicio era una colina, en cuya verde cumbre había un palo, hincado profundamente en el suelo, y en torno muchos haces de leña. Un ministro leyó la sentencia del tribunal. Bajo el sol de las doce, Juan de Panonia yacía con la cara en el polvo, lanzando bestiales aullidos. Arañaba la tierra, pero los verdugos lo arrancaron, lo desnudaron y por fin lo amarraron a la picota. En la cabeza le pusieron una corona de paja untada de azufre; al lado, un ejemplar del pestilente *Adversus annulares*. Había llovido la noche antes y la leña ardía mal. Juan de Panonia rezó en griego y luego en un idioma desconocido. La hoguera iba a llevárselo, cuando Aureliano se atrevió a alzar los ojos. Las ráfagas ardientes se detuvieron; Aureliano vio por primera y última vez el rostro del odiado. Le recordó el de alguien, pero no pudo precisar el de quién. Después, las llamas lo perdieron; después gritó y fue como si un incendio gritara.

Plutarco ha referido que Julio César lloró la muerte de Pompeyo; Aureliano no lloró la de Juan, pero sintió lo que sentiría un hombre curado de una enfermedad incurable, que ya fuera una parte de su vida. En Aquilea, en Éfeso, en Macedonia, dejó que sobre él pasaran los años. Buscó los arduos límites del Imperio, las torpes ciénagas y los contemplativos desiertos, para que lo ayudara la soledad a entender su destino. En una celda mauritana, en la noche cargada de leones, repensó la compleja acusación contra Juan de Panonia y justificó, por enésima vez, el dictamen. Más le costó justificar su tortuosa denuncia. En Rusaddir predicó el anacrónico sermón "Luz de las luces encendida en la carne de un réprobo". En Hibernia, en una de las chozas de un monasterio cercado por la selva, lo sorprendió una noche, hacia el alba, el rumor de la lluvia. Recordó una noche romana en que lo había sorprendido, también, ese minucioso rumor. Un rayo, al mediodía, incendió los árboles y Aureliano pudo morir como había muerto Juan.

El final de la historia sólo es referible en metáforas, ya que pasa en el reino de los cielos, donde no hay tiempo. Tal vez cabría decir que Aureliano conversó con Dios y que Éste se interesa tan poco en diferencias religiosas que lo tomó por Juan de Panonia. Ello, sin embargo, insinuaría una confusión de la mente divina. Más correcto es decir que en el paraíso, Aureliano supo que para la insondable divinidad, él y Juan de Panonia (el ortodoxo y el hereje, el aborrecedor y el aborrecido, el acusador y la víctima) formaban una sola persona.

Historia del guerrero
y de la cautiva

En la página 278 del libro *La poesía* (Bari, 1942), Croce, abreviando un texto latino del historiador Pablo el Diácono, narra la suerte y cita el epitafio de Droctulft; éstos me conmovieron singularmente, luego entendí por qué. Fue Droctulft un guerrero lombardo que en el asedio de Ravena abandonó a los suyos y murió defendiendo la ciudad que antes había atacado. Los raveneses le dieron sepultura en un templo y compusieron un epitafio en el que manifestaron su gratitud (*contempsit caros, dum nos amat ille, parentes*) y el peculiar contraste que se advertía entre la figura atroz de aquel bárbaro y su simplicidad y bondad:

> *Terribilis visu facies, sed mente benignus,*
> *Longaque robusto pectores, barba fuit!*[1]

Tal es la historia del destino de Droctulft, bárbaro que murió defendiendo a Roma, o tal es el fragmento de su historia que pudo rescatar Pablo el Diácono. Ni siquiera sé en qué tiempo ocurrió: si al promediar el siglo VI, cuando los longobardos desolaron las llanuras de Italia; si en el VIII, antes de la rendición de Ravena. Imaginemos (éste no es un trabajo histórico) lo primero.

---

1. También Gibbon (*Decline and Fall*, XLV) transcribe estos versos.

Imaginemos, *sub specie aeternitatis*, a Droctulft, no al individuo Droctulft, que sin duda fue único e insondable (todos los individuos lo son), sino al tipo genérico que de él y de otros muchos como él ha hecho la tradición, que es obra del olvido y de la memoria. A través de una oscura geografía de selvas y de ciénagas, las guerras lo trajeron a Italia, desde las márgenes del Danubio y del Elba, y tal vez no sabía que iba al sur y tal vez no sabía que guerreaba contra el nombre romano. Quizá profesaba el arrianismo, que mantiene que la gloria del Hijo es reflejo de la gloria del Padre, pero más congruente es imaginarlo devoto de la Tierra, de Hertha, cuyo ídolo tapado iba de cabaña en cabaña en un carro tirado por vacas, o de los dioses de la guerra y del trueno, que eran torpes figuras de madera, envueltas en ropa tejida y recargadas de monedas y ajorcas. Venía de las selvas inextricables del jabalí y del uro; era blanco, animoso, inocente, cruel, leal a su capitán y a su tribu, no al universo. Las guerras lo traen a Ravena y ahí ve algo que no ha visto jamás, o que no ha visto con plenitud. Ve el día y los cipreses y el mármol. Ve un conjunto que es múltiple sin desorden; ve una ciudad, un organismo hecho de estatuas, de templos, de jardines, de habitaciones, de gradas, de jarrones, de capiteles, de espacios regulares y abiertos. Ninguna de esas fábricas (lo sé) lo impresiona por bella; lo tocan como ahora nos tocaría una maquinaria compleja, cuyo fin ignoráramos, pero en cuyo diseño se adivinara una inteligencia inmortal. Quizá le basta ver un solo arco, con una incomprensible inscripción en eternas letras romanas. Bruscamente lo ciega y lo renueva esa revelación, la Ciudad. Sabe que en ella será un perro, o un niño, y que no empezará siquiera a entenderla, pero sabe también que ella vale más que sus dioses y que la fe jurada y que todas las ciénagas de Alemania. Droctulft abandona a los suyos y pelea por Ravena. Muere, y en la sepultura graban palabras que él no hubiera entendido:

Contempsit caros, dum nos amat ille, parentes,
Hanc patriam reputans esse, Ravenna, suam.

No fue un traidor (los traidores no suelen inspirar epitafios piadosos); fue un iluminado, un converso. Al cabo de unas cuantas generaciones, los longobardos que culparon al tránsfuga procedieron como él; se hicieron italianos, lombardos y acaso alguno de su sangre —Aldíger— pudo engendrar a quienes engendraron al Alighieri... Muchas conjeturas cabe aplicar al acto de Droctulft; la mía es la más económica; si no es verdadera como hecho, lo será como símbolo.

Cuando leí en el libro de Croce la historia del guerrero, ésta me conmovió de manera insólita y tuve la impresión de recuperar, bajo forma diversa, algo que había sido mío. Fugazmente pensé en los jinetes mogoles que querían hacer de la China un infinito campo de pastoreo y luego envejecieron en las ciudades que habían anhelado destruir; no era ésta la memoria que yo buscaba. La encontré al fin; era un relato que le oí alguna vez a mi abuela inglesa, que ha muerto.

En 1872 mi abuelo Borges era jefe de las fronteras Norte y Oeste de Buenos Aires y Sur de Santa Fe. La comandancia estaba en Junín; más allá, a cuatro o cinco leguas uno de otro, la cadena de los fortines; más allá, lo que se denominaba entonces la Pampa y también Tierra

Adentro. Alguna vez, entre maravillada y burlona, mi abuela comentó su destino de inglesa desterrada a ese fin del mundo; le dijeron que no era la única y le señalaron, meses después, una muchacha india que atravesaba lentamente la plaza. Vestía dos mantas coloradas e iba descalza; sus crenchas eran rubias. Un soldado le dijo que otra inglesa quería hablar con ella. La mujer asintió; entró en la comandancia sin temor, pero no sin recelo. En la cobriza cara, pintarrajeada de colores feroces, los ojos eran de ese azul desganado que los ingleses llaman gris. El cuerpo era ligero, como de cierva; las manos, fuertes y huesudas. Venía del desierto, de Tierra Adentro y todo parecía quedarle chico: las puertas, las paredes, los muebles.

Quizá las dos mujeres por un instante se sintieron hermanas, estaban lejos de su isla querida y en un increíble país. Mi abuela enunció alguna pregunta; la otra le respondió con dificultad, buscando las palabras y repitiéndolas, como asombrada de un antiguo sabor. Haría quince años que no hablaba el idioma natal y no le era fácil recuperarlo. Dijo que era de Yorkshire, que sus padres emigraron a Buenos Aires, que los había perdido en un malón, que la habían llevado los indios y que ahora era mujer de un capitanejo, a quien ya había dado dos hijos y que era muy valiente. Eso lo fue diciendo en un inglés rústico, entreverado de araucano o de pampa, y detrás del relato se vislumbraba una vida feral: los toldos de cuero de caballo, las hogueras de estiércol, los festines de carne chamuscada o de vísceras crudas, las sigilosas marchas al alba; el asalto de los corrales, el alarido y el saqueo, la guerra, el caudaloso arreo de las haciendas por jinetes desnudos, la poligamia, la hediondez y la magia. A esa barbarie se había rebajado una inglesa. Movida por la lástima y el escándalo, mi abuela la exhortó a no volver. Juró ampararla, juró rescatar a sus hijos. La otra le contestó que era feliz y volvió, esa noche, al desierto. Francisco Borges moriría poco después, en la revolución del 74; quizá mi abuela, entonces, pudo percibir en la otra mujer, también arrebatada y transformada por este continente implacable, un espejo monstruoso de su destino…

Todos los años, la india rubia solía llegar a las pulperías de Junín, o del Fuerte Lavalle, en procura de baratijas y "vicios"; no apareció, desde la conversación con mi abuela. Sin embargo, se vieron otra vez. Mi abuela había salido a cazar; en un rancho, cerca de los bañados, un hombre degollaba una oveja. Como en un sueño, pasó la india a caballo. Se tiró al suelo y bebió la sangre caliente. No sé si lo hizo porque ya no podía obrar de otro modo, o como un desafío y un signo.

Mil trescientos años y el mar median entre el destino de la cautiva y el destino de Droctulft. Los dos, ahora, son igualmente irrecuperables. La figura del bárbaro que abraza la causa de Ravena, la figura de la mujer europea que opta por el desierto, pueden parecer antagónicas. Sin embargo, a los dos los arrebató un ímpetu secreto, un ímpetu más hondo que la razón, y los dos acataron ese ímpetu que no hubieran sabido justificar. Acaso las historias que he referido son una sola historia. El anverso y el reverso de esta moneda son, para Dios, iguales.

A Ulrike von Kühlmann

Biografía de Tadeo Isidoro Cruz
(1829-1874)

I'm looking for the face I had
Before the world was made.

YEATS: *The Winding Stair*

El 6 de febrero de 1829, los montoneros que, hostigados ya por Lavalle, marchaban desde el sur para incorporarse a las divisiones de López, hicieron alto en una estancia cuyo nombre ignoraban, a tres o cuatro leguas del Pergamino; hacia el alba, uno de los hombres tuvo una pesadilla tenaz: en la penumbra del galpón, el confuso grito despertó a la mujer que dormía con él. Nadie sabe lo que soñó, pues al otro día, a las cuatro, los montoneros fueron desbaratados por la caballería de Suárez y la persecución duró nueve leguas, hasta los pajonales ya lóbregos, y el hombre pereció en una zanja, partido el cráneo por un sable de las guerras del Perú y del Brasil. La mujer se llamaba Isidora Cruz; el hijo que tuvo recibió el nombre de Tadeo Isidoro.

Mi propósito no es repetir su historia. De los días y noches que la componen, sólo me interesa una noche; del resto no referiré sino lo indispensable para que esa noche se entienda. La aventura consta en un libro insigne; es decir, en un libro cuya materia puede ser todo para todos (I Corintios 9:22), pues es capaz de casi inagotables repeticiones, versiones, perversiones. Quienes han comentado, y son muchos, la historia de Tadeo Isidoro, destacan el influjo de la llanura sobre su formación, pero gauchos idénticos a él nacieron y murieron en las selváticas riberas del Paraná y en las cuchillas orientales. Vivió, eso sí, en un mundo de barbarie monótona. Cuando, en 1874, murió de una viruela negra, no había visto jamás una montaña ni un pico de gas ni un molino. Tampoco una ciudad. En 1849, fue a Buenos Aires con una tropa del establecimiento de Francisco Xavier Acevedo; los troperos entraron en la ciudad para vaciar el cinto; Cruz, receloso, no salió de una fonda en el vecindario de los corrales. Pasó ahí muchos días, taciturno, durmiendo en la tierra, mateando, levantándose al alba y recogiéndose a la oración. Comprendió (más allá de las palabras y aun del entendimiento) que nada tenía que ver con él la ciudad. Uno de los peones, borracho, se burló de él. Cruz no le replicó, pero en las noches del regreso, junto al fogón, el otro menudeaba las burlas, y entonces Cruz (que antes no había demostrado rencor, ni siquiera disgusto) lo tendió de una puñalada. Prófugo, hubo de guarecerse en un fachinal; noches después, el grito de un chajá le advirtió que lo había cercado la policía. Probó el cuchillo en una mata; para que no le estorbaran en la de a pie, se quitó las espuelas. Prefirió pelear a entregarse. Fue herido en el antebrazo, en el hombro, en la mano izquierda; malhirió a los más bravos de la partida; cuando la sangre le corrió entre los dedos, peleó con más coraje que nunca; hacia el alba, mareado por la pérdida de sangre, lo desarmaron. El ejército, entonces, desempeñaba una función penal: Cruz fue destinado a un fortín de la frontera Norte. Como soldado raso, participó en las guerras civiles; a veces combatió por su provincia natal, a veces en contra. El 23 de enero de 1856, en las Lagunas de Cardoso, fue uno de los treinta cristianos que, al mando del sargento mayor Eusebio Laprida, pelearon contra doscientos indios. En esa acción recibió una herida de lanza.

En su oscura y valerosa historia abundan los hiatos. Hacia 1868 lo sabemos de nuevo en el Pergamino: casado o amancebado, padre de un hijo, dueño de una fracción de campo. En 1869 fue nombrado sargento de la policía rural. Había corregido el pasado; en aquel tiempo debió de considerarse feliz, aunque profundamente no lo era. (Lo esperaba, secreta en el porvenir, una lúcida noche fundamental: la noche en que por fin vio su propia cara, la noche en que por fin oyó su nombre. Bien entendida, esa noche agota su historia; mejor dicho un instante de esa noche, un acto de esa noche, porque los actos son nuestro símbolo.) Cualquier destino, por largo y complicado que sea, consta en realidad *de un solo momento*: el momento en que el hombre sabe para siempre quién es. Cuéntase que Alejandro de Macedonia vio reflejado su futuro de hierro en la fabulosa historia de Aquiles; Carlos XII de Suecia, en la de Alejandro. A Tadeo Isidoro Cruz, que no sabía leer, ese conocimiento no le fue revelado en un libro; se vio a sí mismo en un entrevero y un hombre. Los hechos ocurrieron así:

En los últimos días del mes de junio de 1870, recibió la orden de apresar a un malevo, que debía dos muertes a la justicia. Era éste un desertor de las fuerzas que en la frontera Sur mandaba el coronel Benito Machado; en una borrachera, había asesinado a un moreno en un lupanar; en otra, a un vecino del partido de Rojas; el informe agregaba que procedía de la Laguna Colorada. En este lugar, hacía cuarenta años, habíanse congregado los montoneros para la desventura que dio sus carnes a los pájaros y a los perros; de ahí salió Manuel Mesa, que fue ejecutado en la Plaza de la Victoria, mientras los tambores sonaban para que no se oyera su ira; de ahí, el desconocido que engendró a Cruz y que pereció en una zanja, partido el cráneo por un sable de las batallas del Perú y del Brasil. Cruz había olvidado el nombre del lugar; con leve pero inexplicable inquietud lo reconoció... El criminal, acosado por los soldados, urdió a caballo un largo laberinto de idas y venidas; éstos, sin embargo, lo acorralaron la noche del 12 de julio. Se había guarecido en un pajonal. La tiniebla era casi indescifrable; Cruz y los suyos, cautelosos y a pie, avanzaron hacia las matas en cuya hondura trémula acechaba o dormía el hombre secreto. Gritó un chajá; Tadeo Isidoro Cruz tuvo la impresión de haber vivido ya ese momento. El criminal salió de la guarida para pelearlos. Cruz lo entrevió, terrible; la crecida melena y la barba gris parecían comerle la cara. Un motivo notorio me veda referir la pelea. Básteme recordar que el desertor malhirió o mató a varios de los hombres de Cruz. Éste, mientras combatía en la oscuridad (mientras su cuerpo combatía en la oscuridad), empezó a comprender. Comprendió que un destino no es mejor que otro, pero que todo hombre debe acatar el que lleva adentro. Comprendió que las jinetas y el uniforme ya lo estorbaban. Comprendió su íntimo destino de lobo, no de perro gregario; comprendió que el otro era él. Amanecía en la desaforada llanura; Cruz arrojó por tierra el quepís, gritó que no iba a consentir el delito de que se matara a un valiente y se puso a pelear contra los soldados, junto al desertor Martín Fierro.

Emma Zunz

El 14 de enero de 1922, Emma Zunz, al volver de la fábrica de tejidos Tarbuch y Loewenthal, halló en el fondo del zaguán una carta, fechada en el Brasil, por la que supo que su padre había muerto. La engañaron, a primera vista, el sello y el sobre; luego, la inquietó la letra desconocida. Nueve o diez líneas borroneadas querían colmar la hoja; Emma leyó que el señor Maier había ingerido por error una fuerte dosis de veronal y había fallecido el 3 del corriente en el hospital de Bagé. Un compañero de pensión de su padre firmaba la noticia, un tal Fein o Fain, de Rio Grande, que no podía saber que se dirigía a la hija del muerto.

Emma dejó caer el papel. Su primera impresión fue de malestar en el vientre y en las rodillas; luego de ciega culpa, de irrealidad, de frío, de temor; luego, quiso ya estar en el día siguiente. Acto continuo comprendió que esa voluntad era inútil porque la muerte de su padre era lo único que había sucedido en el mundo, y seguiría sucediendo sin fin. Recogió el papel y se fue a su cuarto. Furtivamente lo guardó en un cajón, como si de algún modo ya conociera los hechos ulteriores. Ya había empezado a vislumbrarlos, tal vez; ya era la que sería.

En la creciente oscuridad, Emma lloró hasta el fin de aquel día el suicidio de Manuel Maier, que en los antiguos días felices fue Emanuel Zunz. Recordó veraneos en una chacra, cerca de Gualeguay, recordó (trató de recordar) a su madre, recordó la casita de Lanús que les remataron, recordó los amarillos losanges de una ventana, recordó el auto de prisión, el oprobio, recordó los anónimos con el suelto sobre "el desfalco del cajero", recordó (pero eso jamás lo olvidaba) que su padre, la última noche, le había jurado que el ladrón era Loewenthal. Loewenthal, Aarón Loewenthal, antes gerente de la fábrica y ahora uno de los dueños. Emma, desde 1916, guardaba el secreto. A nadie se lo había revelado, ni siquiera a su mejor amiga, Elsa Urstein. Quizá rehuía la profana incredulidad; quizá creía que el secreto era un vínculo entre ella y el ausente. Loewenthal no sabía que ella sabía; Emma Zunz derivaba de ese hecho ínfimo un sentimiento de poder.

No durmió aquella noche, y cuando la primera luz definió el rectángulo de la ventana, ya estaba perfecto su plan. Procuró que ese día, que le pareció interminable, fuera como los otros. Había en la fábrica rumores de huelga; Emma se declaró, como siempre, contra toda violencia. A las seis, concluido el trabajo, fue con Elsa a un club de mujeres, que tiene gimnasio y pileta. Se inscribieron; tuvo que repetir y deletrear su nombre y su apellido; tuvo que festejar las bromas vulgares que comentan la revisación. Con Elsa y con la menor de las Kronfuss discutió a qué cinematógrafo irían el domingo a la tarde. Luego, se habló de novios y nadie esperó que Emma hablara. En abril cumpliría diecinueve años, pero los hombres le inspiraban, aún, un temor casi patológico... De vuelta, preparó una sopa de tapioca y unas legumbres, comió temprano, se acostó y se obligó a dormir. Así, laborioso y trivial, pasó el viernes 15, la víspera.

El sábado, la impaciencia la despertó. La impaciencia, no la inquietud, y el singular alivio de estar en aquel día, por fin. Ya no tenía que tramar y que imaginar; dentro de algunas horas alcanzaría la simplicidad de los hechos. Leyó en *La Prensa* que el *Nordstjärnan*, de Malmö, zarparía esa noche del dique 3; llamó por teléfono a Loewenthal, insinuó que deseaba comunicar, sin que lo supieran las otras, algo sobre la huelga y prometió pasar por el escritorio, al oscurecer. Le temblaba la voz; el temblor convenía a una delatora. Ningún otro hecho memorable ocurrió esa mañana. Emma trabajó hasta las doce y fijó con Elsa y con Perla Kronfuss los pormenores del paseo del domingo. Se acostó después de almorzar y recapituló, cerrados los ojos, el plan que había tramado. Pensó que la etapa final sería menos horrible que la primera y que le depararía, sin duda, el sabor de la victoria y de la justicia. De pronto, alarmada, se levantó y corrió al cajón de la cómoda. Lo abrió; debajo del retrato de Milton Sills, donde la había dejado anteanoche, estaba la carta de Fain. Nadie podía haberla visto; la empezó a leer y la rompió.

Referir con alguna realidad los hechos de esa tarde sería difícil y quizá improcedente. Un atributo de lo infernal es la irrealidad, un atributo que parece mitigar sus terrores y que los agrava tal vez. ¿Cómo hacer verosímil una acción en la que casi no creyó quien la ejecutaba, cómo recuperar ese breve caos que hoy la memoria de Emma Zunz repudia y confunde? Emma vivía por Almagro, en la calle Liniers; nos consta que esa tarde fue al puerto. Acaso en el infame Paseo de Julio se vio multiplicada en espejos, publicada por luces y desnudada por los ojos hambrientos, pero más razonable es conjeturar que al principio erró, inadvertida, por la indiferente recova… Entró en dos o tres bares, vio la rutina o los manejos de otras mujeres. Dio al fin con hombres del *Nordstjärnan*. De uno, muy joven, temió que le inspirara alguna ternura y optó por otro, quizá más bajo que ella y grosero, para que la pureza del horror no fuera mitigada. El hombre la condujo a una puerta y después a un turbio zaguán y después a una escalera tortuosa y después a un vestíbulo (en el que había una vidriera con losanges idénticos a los de la casa en Lanús) y después a un pasillo y después a una puerta que se cerró. Los hechos graves están fuera del tiempo, ya porque en ellos el pasado inmediato queda como tronchado del porvenir, ya porque no parecen consecutivas las partes que los forman.

¿En aquel tiempo fuera del tiempo, en aquel desorden perplejo de sensaciones inconexas y atroces, pensó Emma Zunz *una sola vez* en el muerto que motivaba el sacrificio? Yo tengo para mí que pensó una vez y que en ese momento peligró su desesperado propósito. Pensó (no pudo no pensar) que su padre le había hecho a su madre la cosa horrible que a ella ahora le hacían. Lo pensó con débil asombro y se refugió, en seguida, en el vértigo. El hombre, sueco o finlandés, no hablaba español; fue una herramienta para Emma como ésta lo fue para él, pero ella sirvió para el goce y él para la justicia.

Cuando se quedó sola, Emma no abrió en seguida los ojos. En la mesa de luz estaba el dinero que había dejado el hombre: Emma se incorporó y lo rompió como antes había roto la carta. Romper dinero es una impiedad, como tirar el pan; Emma se arrepintió, apenas lo hizo. Un acto de soberbia y en aquel día… El temor se perdió en la tristeza de su cuerpo, en el asco. El asco y la tristeza la encadenaban, pero Emma lentamente se levantó y procedió a vestirse. En el cuarto no quedaban colores vivos; el último crepúsculo se agravaba. Emma pudo salir sin que la advirtieran; en la esquina subió a un Lacroze, que iba al oeste. Eligió, conforme a su plan, el asiento más delantero, para que no le vieran la cara. Quizá le confortó verificar, en el insípido trajín de las calles, que lo acaecido no había contaminado las cosas. Viajó por barrios decrecientes y opacos, viéndolos y olvidándolos en el acto, y se apeó en una de las bocacalles de Warnes. Paradójicamente su fatiga venía a ser una fuerza, pues la obligaba a concentrarse en los pormenores de la aventura y le ocultaba el fondo y el fin.

Aarón Loewenthal era, para todos, un hombre serio; para sus pocos íntimos, un avaro. Vivía en los altos de la fábrica, solo. Establecido en el desmantelado arrabal, temía a los ladrones; en el patio de la fábrica había un gran perro y en el cajón de su escritorio, nadie lo ignoraba, un revólver. Había llorado con decoro, el año anterior, la inesperada muerte de su mujer —¡una Gauss, que le trajo una buena dote!—, pero el dinero era su verdadera pasión. Con íntimo bochorno se sabía menos apto para ganarlo que para conservarlo. Era muy religioso; creía tener con el Señor un pacto secreto, que lo eximía de obrar bien, a trueque de oraciones y devociones. Calvo, corpulento, enlutado, de quevedos ahumados y barba rubia, esperaba de pie, junto a la ventana, el informe confidencial de la obrera Zunz.

La vio empujar la verja (que él había entornado a propósito) y cruzar el patio sombrío. La vio hacer un pequeño rodeo cuando el perro atado ladró. Los labios de

Emma se atareaban como los de quien reza en voz baja; cansados, repetían la sentencia que el señor Loewenthal oiría antes de morir.

Las cosas no ocurrieron como había previsto Emma Zunz. Desde la madrugada anterior, ella se había soñado muchas veces, dirigiendo el firme revólver, forzando al miserable a confesar la miserable culpa y exponiendo la intrépida estratagema que permitiría a la Justicia de Dios triunfar de la justicia humana. (No por temor, sino por ser un instrumento de la Justicia, ella no quería ser castigada.) Luego, un solo balazo en mitad del pecho rubricaría la suerte de Loewenthal. Pero las cosas no ocurrieron así.

Ante Aarón Loewenthal, más que la urgencia de vengar a su padre, Emma sintió la de castigar el ultraje padecido por ello. No podía no matarlo, después de esa minuciosa deshonra. Tampoco tenía tiempo que perder en teatralerías. Sentada, tímida, pidió excusas a Loewenthal, invocó (a fuer de delatora) las obligaciones de la lealtad, pronunció algunos nombres, dio a entender otros y se cortó como si la venciera el temor. Logró que Loewenthal saliera a buscar una copa de agua. Cuando éste, incrédulo de tales aspavientos, pero indulgente, volvió del comedor, Emma ya había sacado del cajón el pesado revólver. Apretó el gatillo dos veces. El considerable cuerpo se desplomó como si los estampidos y el humo lo hubieran roto, el vaso de agua se rompió, la cara la miró con asombro y cólera, la boca de la cara la injurió en español y en ídisch. Las malas palabras no cejaban; Emma tuvo que hacer fuego otra vez. En el patio, el perro encadenado rompió a ladrar, y una efusión de brusca sangre manó de los labios obscenos y manchó la barba y la ropa. Emma inició la acusación que tenía preparada ("He vengado a mi padre y no me podrán castigar..."), pero no la acabó, porque el señor Loewenthal ya había muerto. No supo nunca si alcanzó a comprender.

Los ladridos tirantes le recordaron que no podía, aún, descansar. Desordenó el diván, desabrochó el saco del cadáver, le quitó los quevedos salpicados y los dejó sobre el fichero. Luego tomó el teléfono y repitió lo que tantas veces repetiría, con esas y con otras palabras: "Ha ocurrido una cosa que es increíble... El señor Loewenthal me hizo venir con el pretexto de la huelga... Abusó de mí, lo maté..."

La historia era increíble, en efecto, pero se impuso a todos, porque sustancialmente era cierta. Verdadero era el tono de Emma Zunz, verdadero el pudor, verdadero el odio. Verdadero también era el ultraje que había padecido; sólo eran falsas las circunstancias, la hora y uno o dos nombres propios.

La casa de Asterión

Y la reina dio a luz un hijo que se llamó
Asterión.

APOLODORO: *Biblioteca*, III, I

Sé que me acusan de soberbia, y tal vez de misantropía, y tal vez de locura. Tales acusaciones (que yo castigaré a su debido tiempo) son irrisorias. Es verdad que no salgo de mi casa, pero también es verdad que sus puertas (cuyo número es infinito)[1] están abiertas día y noche a los hombres y también a los animales. Que entre el que quiera. No hallará pompas mujeriles aquí ni el bizarro aparato de los palacios pero sí la quietud y la soledad. Asimismo hallará una casa como no hay otra en la faz de la tierra. (Mienten los que declaran que en Egipto hay una parecida.) Hasta mis detractores admiten que no hay *un solo mueble* en la casa. Otra especie ridícula es que yo, Asterión, soy un prisionero. ¿Repetiré que no hay una puerta cerrada, añadiré que no hay una cerradura? Por lo demás, algún atardecer he pisado la calle; si antes de la noche volví, lo hice por el temor que me infundieron las caras de la plebe, caras descoloridas y aplanadas, como la mano abierta. Ya se había puesto el sol, pero el desvalido llanto de un niño y las toscas plegarias de la grey dijeron que me habían reconocido. La gente oraba, huía, se prosternaba; unos se encaramaban al estilóbato del templo de las Hachas, otros juntaban

---

1. El original dice *catorce*, pero sobran motivos para inferir que, en boca de Asterión, ese adjetivo numeral vale por infinitos.

piedras. Alguno, creo, se ocultó bajo el mar. No en vano fue una reina mi madre; no puedo confundirme con el vulgo; aunque mi modestia lo quiera.

El hecho es que soy único. No me interesa lo que un hombre pueda trasmitir a otros hombres; como el filósofo, pienso que nada es comunicable por el arte de la escritura. Las enojosas y triviales minucias no tienen cabida en mi espíritu, que está capacitado para lo grande; jamás he retenido la diferencia entre una letra y otra. Cierta impaciencia generosa no ha consentido que yo aprendiera a leer. A veces lo deploro, porque las noches y los días son largos.

Claro que no me faltan distracciones. Semejante al carnero que va a embestir, corro por las galerías de piedra hasta rodar al suelo, mareado. Me agazapo a la sombra de un aljibe o a la vuelta de un corredor y juego a que me buscan. Hay azoteas desde las que me dejo caer, hasta ensangrentarme. A cualquier hora puedo jugar a estar dormido, con los ojos cerrados y la respiración poderosa. (A veces me duermo realmente, a veces ha cambiado el color del día cuando he abierto los ojos.) Pero de tantos juegos el que prefiero es el de otro Asterión. Finjo que viene a visitarme y que yo le muestro la casa. Con grandes reverencias le digo: "Ahora volvemos a la encrucijada anterior" o "Ahora desembocamos en otro patio" o "Bien decía yo que te gustaría la canaleta" o "Ahora verás una cisterna que se llenó de arena" o "Ya verás cómo el sótano se bifurca". A veces me equivoco y nos reímos buenamente los dos.

No sólo he imaginado esos juegos; también he meditado sobre la casa. Todas las partes de la casa están muchas veces, cualquier lugar es otro lugar. No hay un aljibe, un patio, un abrevadero, un pesebre; son catorce [son infinitos] los pesebres, abrevaderos, patios, aljibes. La casa es del tamaño del mundo; mejor dicho, es el mundo. Sin embargo, a fuerza de fatigar patios con un aljibe y polvorientas galerías de piedra gris he alcanzado la calle y he visto el templo de las Hachas y el mar. Eso no lo entendí hasta que una visión de la noche me reveló que también son catorce [son infinitos] los mares y los templos. Todo está muchas veces, catorce veces, pero dos cosas hay en el mundo que parecen estar una sola vez: arriba, el intrincado sol; abajo, Asterión. Quizá yo he creado las estrellas y el sol y la enorme casa, pero ya no me acuerdo.

Cada nueve años entran en la casa nueve hombres para que yo los libere de todo mal. Oigo sus pasos o su voz en el fondo de las galerías de piedra y corro alegremente a buscarlos. La ceremonia dura pocos minutos. Uno tras otro caen sin que yo me ensangriente las manos. Donde cayeron, quedan, y los cadáveres ayudan a distinguir una galería de las otras. Ignoro quiénes son, pero sé que uno de ellos profetizó, en la hora de su muerte, que alguna vez llegaría mi redentor. Desde entonces no me duele la soledad, porque sé que vive mi redentor y al fin se levantará sobre el polvo. Si mi oído alcanzara todos los rumores del mundo, yo percibiría sus pasos. Ojalá me lleve a un lugar con menos galerías y menos puertas. ¿Cómo será mi redentor?, me pregunto. ¿Será un toro o un hombre? ¿Será tal vez un toro con cara de hombre? ¿O será como yo?

El sol de la mañana reverberó en la espada de bronce. Ya no quedaba ni un vestigio de sangre.

—¿Lo creerás, Ariadna? —dijo Teseo—. El minotauro apenas se defendió.

A Marta Mosquera Eastman

La otra muerte

Un par de años hará (he perdido la carta), Gannon me escribió de Gualeguaychú, anunciando el envío de una versión, acaso la primera española, del poema "The Past", de Ralph Waldo Emerson, y agregando en una posdata que don Pedro Damián, de quien yo guardaría alguna memoria, había muerto noches pasadas, de una congestión pulmonar. El hombre, arrasado por la fiebre, había revivido en su delirio la sangrienta jornada de Masoller; la noticia me pareció previsible y hasta convencional, porque don Pedro, a los diecinueve o veinte años, había seguido las banderas de Aparicio Saravia. La revolución de 1904 lo tomó en una estancia de Río Negro o de Paysandú, donde trabajaba de peón; Pedro Damián era entrerriano, de Gualeguay, pero fue adonde fueron los amigos, tan animoso y tan ignorante como ellos. Combatió en algún entrevero y en la batalla última; repatriado en 1905, retomó con humilde tenacidad las tareas de campo. Que yo sepa, no volvió a dejar su provincia. Los últimos treinta años los pasó en un puesto muy solo, a una o dos leguas del Ñancay; en aquel desamparo, yo conversé con él una tarde (yo traté de conversar con él una tarde), hacia 1942. Era hombre taciturno, de pocas luces. El sonido y la furia de Masoller agotaban su historia; no me sorprendió que los reviviera, en la hora de su muerte… Supe que no vería más a Damián y quise recordarlo; tan pobre es mi memoria visual que sólo recordé una fotografía que Gannon le tomó. El hecho nada tiene de singular, si consideramos que al hombre lo vi a principios de 1942, una vez, y a la efigie, muchísimas. Gannon me mandó esa fotografía; la he perdido y ya no la busco. Me daría miedo encontrarla.

El segundo episodio se produjo en Montevideo, meses después. La fiebre y la agonía del entrerriano me sugirieron un relato fantástico sobre la derrota de Masoller; Emir Rodríguez Monegal, a quien referí el argumento, me dio unas líneas para el coronel Dionisio Tabares, que había hecho esa campaña. El coronel me recibió después de cenar. Desde un sillón de hamaca, en un patio, recordó con desorden y con amor los tiempos que fueron. Habló de municiones que no llegaron y de caballadas rendidas, de hombres dormidos y terrosos tejiendo laberintos de marchas, de Saravia, que pudo haber entrado en Montevideo y que se desvió; "porque el gaucho le teme a la ciudad", de hombres degollados hasta la nuca, de una guerra civil que me pareció menos la colisión de dos ejércitos que el sueño de un matrero. Habló de Illescas, de Tupambaé, de Masoller. Lo hizo con períodos tan cabales y de un modo tan vívido que comprendí que muchas veces había referido esas mismas cosas, y temí que detrás de sus palabras casi no quedaran recuerdos. En un respiro conseguí intercalar el nombre de Damián.

—¿Damián? ¿Pedro Damián? —dijo el coronel—. Ése sirvió conmigo. Un tapecito que le decían Daymán los muchachos. —Inició una ruidosa carcajada y la cortó de golpe, con fingida o veraz incomodidad.

Con otra voz dijo que la guerra servía, como la mujer, para que se probaran los hombres, y que, antes de entrar en batalla, nadie sabía quién es. Alguien podía pensarse cobarde y ser un valiente, y asimismo al revés, como le ocurrió a ese pobre Damián, que se anduvo floreando en las pulperías con su divisa blanca y después flaqueó en Masoller. En algún tiroteo con los *zumacos* se portó como un hombre, pero otra cosa fue cuando los ejércitos se enfrentaron y empezó el cañoneo y cada hombre sintió que cinco mil hombres se habían coaligado para matarlo. Pobre gurí, que se la había pasado bañando ovejas y que de pronto lo arrastró esa patriada...

Absurdamente, la versión de Tabares me avergonzó. Yo hubiera preferido que los hechos no ocurrieran así. Con el viejo Damián, entrevisto una tarde, hace muchos años, yo había fabricado, sin proponérmelo, una suerte de ídolo; la versión de Tabares lo destrozaba. Súbitamente comprendí la reserva y la obstinada soledad de Damián; no las había dictado la modestia, sino el bochorno. En vano me repetí que un hombre acosado por un acto de cobardía es más complejo y más interesante que un hombre meramente animoso. El gaucho Martín Fierro, pensé, es menos memorable que Lord Jim o que Razumov. Sí, pero Damián, como gaucho, tenía obligación de ser Martín Fierro —sobre todo, ante gauchos orientales. En lo que Tabares dijo y no dijo percibí el agreste sabor de lo que se llamaba artiguismo: la conciencia (tal vez incontrovertible) de que el Uruguay es más elemental que nuestro país y, por ende, más bravo... Recuerdo que esa noche nos despedimos con exagerada efusión.

En el invierno, la falta de una o dos circunstancias para mi relato fantástico (que torpemente se obstinaba en no dar con su forma) hizo que yo volviera a la casa del coronel Tabares. Lo hallé con otro señor de edad: el doctor Juan Francisco Amaro, de Paysandú, que también había militado en la revolución de Saravia. Se habló, previsiblemente, de Masoller. Amaro refirió unas anécdotas y después agregó con lentitud, como quien está pensando en voz alta:

—Hicimos noche en *Santa Irene*, me acuerdo, y se nos incorporó alguna gente. Entre ellos, un veterinario francés que murió la víspera de la acción, y un mozo esquilador, de Entre Ríos, un tal Pedro Damián.

Lo interrumpí con acritud.

—Ya sé —le dije—. El argentino que flaqueó ante las balas.

Me detuve; los dos me miraban perplejos.

—Usted se equivoca, señor —dijo, al fin, Amaro—. Pedro Damián murió como querría morir cualquier hombre. Serían las cuatro de la tarde. En la cumbre de la cuchilla se había hecho fuerte la infantería colorada; los nuestros la cargaron, a lanza; Damián iba en la punta, gritando, y una bala lo acertó en pleno pecho. Se paró en los estribos, concluyó el grito y rodó por tierra y quedó entre las patas de los caballos. Estaba muerto y la última carga de Masoller le pasó por encima. Tan valiente y no había cumplido veinte años.

Hablaba, a no dudarlo, de otro Damián, pero algo me hizo preguntar qué gritaba el gurí.

—Malas palabras —dijo el coronel—, que es lo que se grita en las cargas.

—Puede ser —dijo Amaro—, pero también gritó ¡Viva Urquiza!

Nos quedamos callados. Al fin, el coronel murmuró:

—No como si peleara en Masoller, sino en Cagancha o India Muerta, hará un siglo.

Agregó con sincera perplejidad:

—Yo comandé esas tropas, y juraría que es la primera vez que oigo hablar de un Damián.

No pudimos lograr que lo recordara.

En Buenos Aires, el estupor que me produjo su olvido se repitió. Ante los once deleitables volúmenes de las obras de Emerson, en el sótano de la librería inglesa de Mitchell, encontré, una tarde, a Patricio Gannon. Le pregunté por su traducción de "The Past". Dijo que no pensaba traducirlo y que la literatura española era tan tediosa que hacía innecesario a Emerson. Le recordé que me había prometido esa versión en la misma carta en que me escribió la muerte de Damián. Preguntó quién era Damián. Se lo dije, en vano. Con un principio de terror advertí que me oía con extrañeza, y busqué amparo en una discusión literaria sobre los detractores de Emerson, poeta más complejo, más diestro y sin duda más singular que el desdichado Poe.

Algunos hechos más debo registrar. En abril tuve carta del coronel Dionisio Tabares; éste ya no estaba ofuscado y ahora se acordaba muy bien del entrerrianito que hizo punta en la carga de Masoller y que enterraron esa noche sus hombres, al pie de la cuchilla. En julio pasé por Gualeguaychú; no di con el rancho de Damián, de quien ya nadie se acordaba. Quise interrogar al puestero Diego Abaroa, que lo vio morir; éste había fallecido antes del invierno. Quise traer a la memoria los rasgos de Damián; meses después, hojeando unos álbumes, comprobé que el rostro sombrío que yo había conseguido evocar era el del célebre tenor Tamberlick, en el papel de Otelo.

Paso ahora a las conjeturas. La más fácil, pero también la menos satisfactoria, postula dos Damianes: el cobarde que murió en Entre Ríos hacia 1946, el valiente que murió en Masoller en 1904. Su defecto reside en no explicar lo realmente enigmático: los curiosos vaivenes de la memoria del coronel Tabares, el olvido que anula en tan poco tiempo la imagen y hasta el nombre del que volvió. (No acepto, no quiero aceptar, una conjetura más simple: la de haber yo soñado al primero.) Más curiosa es la conjetura sobrenatural que ideó Ulrike von Kühlmann. Pedro Damián, decía Ulrike, pereció en la batalla, y en la hora de su muerte suplicó a Dios que lo hiciera volver a Entre Ríos. Dios vaciló un segundo antes de otorgar esa gracia, y quien la había pedido ya estaba muerto, y algunos hombres lo habían visto caer. Dios, que no puede cambiar el pasado, pero sí las imágenes del pasado, cambió la imagen de la muerte en la de un desfallecimiento, y la sombra del entrerriano volvió a su tierra. Volvió, pero debemos recordar su condición de sombra. Vivió en la soledad, sin una mujer, sin amigos; todo lo amó y lo poseyó, pero desde lejos, como del otro lado de un cristal; "murió", y su tenue imagen se perdió, como el agua en el agua. Esa conjetura es errónea, pero hubiera debido sugerirme la verdadera (la que hoy creo la verdadera), que a la vez es más simple y más inaudita. De un modo casi mágico la descubrí en el tratado *De Omnipotentia*, de Pier Damiani, a cuyo estudio me llevaron dos versos del Canto XXI del *Paradiso*, que plantean precisamente un problema de identidad. En el quinto capítulo de aquel tratado, Pier Damiani sostiene, contra Aristóteles y contra Fredegario de Tours, que Dios puede efectuar que no haya sido lo que alguna vez fue. Leí esas viejas discusiones teológicas y empecé a comprender la trágica historia de don Pedro Damián.

La adivino así. Damián se portó como un cobarde en el campo de Masoller, y dedicó la vida a corregir esa bochornosa flaqueza. Volvió a Entre Ríos; no alzó la mano a ningún hombre, no *marcó* a nadie, no buscó fama de valiente, pero en los campos del Ñancay se hizo duro, lidiando con el monte y la hacienda chúcara. Fue preparando, sin duda sin saberlo, el milagro. Pensó con lo más hondo: Si el destino me trae otra batalla, yo sabré merecerla. Durante cuarenta años la aguardó con oscura esperanza, y el destino al fin se la trajo, en la hora de su muerte. La trajo en forma de delirio pero ya los griegos sabían que somos las sombras de un sueño. En la agonía revivió su batalla, y se condujo como un hombre y encabezó la carga final y una bala lo acertó en pleno pecho. Así, en 1946, por obra de una larga pasión, Pedro Damián murió en la derrota de Masoller, que ocurrió entre el invierno y la primavera de 1904.

En la *Suma Teológica* se niega que Dios pueda hacer que lo pasado no haya sido, pero nada se dice de la intrincada concatenación de causas y efectos, que es tan vasta y tan íntima que acaso no cabría anular *un solo* hecho remoto, por insignificante que fuera, sin invalidar el presente. Modificar el pasado no es modificar un solo hecho; es anular sus consecuencias, que tienden a ser infinitas. Dicho sea con otras palabras; es crear dos historias universales.

En la primera (digamos), Pedro Damián murió en Entre Ríos, en 1946; en la segunda, en Masoller, en 1904. Ésta es la que vivimos ahora, pero la supresión de aquélla no fue inmediata y produjo las incoherencias que he referido. En el coronel Dionisio Tabares se cumplieron las diversas etapas: al principio recordó que Damián obró como un cobarde; luego, lo olvidó totalmente; luego, recordó su impetuosa muerte. No menos corroborativo es el caso del puestero Abaroa; éste murió, lo entiendo, porque tenía demasiadas memorias de don Pedro Damián.

En cuanto a mí, entiendo no correr un peligro análogo. He adivinado y registrado un proceso no accesible a los hombres, una suerte de escándalo de la razón; pero algunas circunstancias mitigan ese privilegio temible. Por lo pronto, no estoy seguro de haber escrito siempre la verdad. Sospecho que en mi relato hay falsos recuerdos. Sospecho que Pedro Damián (si existió) no se llamó Pedro Damián, y que yo lo recuerdo bajo ese nombre para creer algún día que su historia me fue sugerida por los argumentos de Pier Damiani. Algo parecido acontece con el poema que mencioné en el primer párrafo y que versa sobre la irrevocabilidad del pasado. Hacia 1951 creeré haber fabricado un cuento fantástico y habré historiado un hecho real; también el inocente Virgilio, hará dos mil años, creyó anunciar el nacimiento de un hombre y vaticinaba el de Dios.

¡Pobre Damián! La muerte lo llevó a los veinte años en una triste guerra ignorada y en una batalla casera, pero consiguió lo que anhelaba su corazón, y tardó mucho en conseguirlo, y acaso no hay mayores felicidades.

Deutsches Requiem

Aunque Él me quitare la vida, en Él confiaré.

JOB 13:15

Mi nombre es Otto Dietrich zur Linde. Uno de mis antepasados, Christoph zur Linde, murió en la carga de caballería que decidió la victoria de Zorndorf. Mi bisabuelo materno, Ulrich Forkel, fue asesinado en la foresta de Marchenoir por francotiradores franceses, en los últimos días de 1870; el capitán Dietrich zur Linde, mi padre, se distinguió en el sitio de Namur, en 1914, y, dos años después, en la travesía del Danubio.[1] En cuanto a mí, seré fusilado por torturador y asesino. El tribunal ha procedido con rectitud; desde el principio, yo me he declarado culpable. Mañana, cuando el reloj de la prisión dé las nueve, yo habré entrado en la muerte; es natural que piense en mis mayores, ya que tan cerca estoy de su sombra, ya que de algún modo soy ellos.

Durante el juicio (que afortunadamente duró poco) no hablé; justificarme, entonces, hubiera entorpecido el dictamen y hubiera parecido una cobardía. Ahora las cosas han cambiado; en esta noche que precede a mi ejecución, puedo hablar sin temor. No pretendo ser

---

1. Es significativa la omisión del antepasado más ilustre del narrador, el teólogo y hebraísta Johannes Forkel (1799-1846), que aplicó la dialéctica de Hegel a la cristología y cuya versión literal de algunos de los Libros Apócrifos mereció la censura de Hengstenberg y la aprobación de Thilo y Geseminus. (*Nota del editor.*)

perdonado, porque no hay culpa en mí, pero quiero ser comprendido. Quienes sepan oírme, comprenderán la historia de Alemania y la futura historia del mundo. Yo sé que casos como el mío, excepcionales y asombrosos ahora, serán muy en breve triviales. Mañana moriré, pero soy un símbolo de las generaciones del porvenir.

Nací en Marienburg, en 1908. Dos pasiones, ahora casi olvidadas, me permitieron afrontar con valor y aun con felicidad muchos años infaustos: la música y la metafísica. No puedo mencionar a todos mis bienhechores, pero hay dos nombres que no me resigno a omitir: el de Brahms y el de Schopenhauer. También frecuenté la poesía; a esos nombres quiero juntar otro vasto nombre germánico, William Shakespeare. Antes, la teología me interesó, pero de esa fantástica disciplina (y de la fe cristiana) me desvió para siempre Schopenhauer, con razones directas; Shakespeare y Brahms, con la infinita variedad de su mundo. Sepa quien se detiene maravillado, trémulo de ternura y de gratitud, ante cualquier lugar de la obra de esos felices, que yo también me detuve ahí, yo el abominable.

Hacia 1927 entraron en mi vida Nietzsche y Spengler. Observa un escritor del siglo XVIII que nadie quiere deber nada a sus contemporáneos; yo, para libertarme de una influencia que presentí opresora, escribí un artículo titulado *Abrechnung mit Spengler*, en el que hacía notar que el monumento más inequívoco de los rasgos que el autor llama fáusticos no es el misceláneo drama de Goethe[1] sino un poema redactado hace veinte siglos, el *De rerum natura*. Rendí justicia, empero, a la sinceridad del filósofo de la historia, a su espíritu radicalmente alemán (*kerndeutsch*), militar. En 1929 entré en el Partido.

Poco diré de mis años de aprendizaje. Fueron más duros para mí que para muchos otros, ya que a pesar de no carecer de valor, me falta toda vocación de violencia. Comprendí, sin embargo, que estábamos al borde de un tiempo nuevo y que ese tiempo, comparable a las épocas iniciales del Islam o del Cristianismo, exigía hombres nuevos. Individualmente, mis camaradas me eran odiosos; en vano procuré razonar que para el alto fin que nos congregaba, no éramos individuos.

Aseveran los teólogos que si la atención del Señor se desviara un solo segundo de mi derecha mano que escribe, ésta recaería en la nada, como si la fulminara un fuego sin luz. Nadie puede ser, digo yo, nadie puede probar una copa de agua o partir un trozo de pan, sin justificación. Para cada hombre, esa justificación es distinta; yo esperaba la guerra inexorable que probaría nuestra fe. Me bastaba saber que yo sería un soldado de sus batallas. Alguna vez temí que nos defraudaran la cobardía de Inglaterra y de Rusia. El azar, o el destino, tejió de otra manera mi porvenir: el primero de marzo de 1939, al oscurecer, hubo

---

1. Otras naciones viven con inocencia, en sí y para sí como los minerales o los meteoros; Alemania es el espejo universal que a todas recibe, la conciencia del mundo (*das Weltbewusstsein*). Goethe es el prototipo de esa comprensión ecuménica. No lo censuro, pero no veo en él al hombre fáustico de la tesis de Spengler.

disturbios en Tilsit que los diarios no registraron; en la calle detrás de la sinagoga, dos balas me atravesaron la pierna, que fue necesario amputar.[1] Días después, entraban en Bohemia nuestros ejércitos; cuando las sirenas lo proclamaron, yo estaba en el sedentario hospital, tratando de perderme y de olvidarme en los libros de Schopenhauer. Símbolo de mi vano destino, dormía en el borde de la ventana un gato enorme y fofo.

En el primer volumen de *Parerga und Paralipomena* releí que todos los hechos que pueden ocurrirle a un hombre, desde el instante de su nacimiento hasta el de su muerte, han sido prefijados por él. Así, toda negligencia es deliberada, todo casual encuentro una cita, toda humillación una penitencia, todo fracaso una misteriosa victoria, toda muerte un suicidio. No hay consuelo más hábil que el pensamiento de que hemos elegido nuestras desdichas; esa teleología individual nos revela un orden secreto y prodigiosamente nos confunde con la divinidad. ¿Qué ignorado propósito (cavilé) me hizo buscar ese atardecer, esas balas y esa mutilación? No el temor de la guerra, yo lo sabía; algo más profundo. Al fin creí entender. Morir por una religión es más simple que vivirla con plenitud; batallar en Éfeso contra las fieras es menos duro (miles de mártires oscuros lo hicieron) que ser Pablo, siervo de Jesucristo; un acto es menos que todas las horas de un hombre. La batalla y la gloria son *facilidades*; más ardua que la empresa de Napoleón fue la de Raskolnikov. El 7 de febrero de

---

1. Se murmura que las consecuencias de esa herida fueron muy graves. (*Nota del editor.*)

1941 fui nombrado subdirector del campo de concentración de Tarnowitz.

El ejercicio de ese cargo no me fue grato; pero no pequé nunca de negligencia. El cobarde se prueba entre las espadas; el misericordioso, el piadoso, busca el examen de las cárceles y del dolor ajeno. El nazismo, intrínsecamente, es un hecho moral, un despojarse del viejo hombre, que está viciado, para vestir el nuevo. En la batalla esa mutación es común, entre el clamor de los capitanes y el vocerío; no así en un torpe calabozo, donde nos tienta con antiguas ternuras la insidiosa piedad. No en vano escribo esa palabra; la piedad por el hombre superior es el último pecado de Zarathustra. Casi lo cometí (lo confieso) cuando nos remitieron de Breslau al insigne poeta David Jerusalem.

Era éste un hombre de cincuenta años. Pobre de bienes de este mundo, perseguido, negado, vituperado, había consagrado su genio a cantar la felicidad. Creo recordar que Albert Soergel, en la obra *Dichtung der Zeit*, lo equipara con Whitman. La comparación no es feliz; Whitman celebra el universo de un modo previo, general, casi indiferente; Jerusalem se alegra de cada cosa, con minucioso amor. No comete jamás enumeraciones, catálogos. Aún puedo repetir muchos hexámetros de aquel hondo poema que se titula *Tse Yang, pintor de tigres*, que está como rayado de tigres, que está como cargado y atravesado de tigres transversales y silenciosos. Tampoco olvidaré el soliloquio *Rosencrantz habla con el Ángel*, en el que un prestamista londinense del siglo XVI vanamente trata, al morir, de vindicar sus culpas, sin sospechar que la secreta justificación de su vida es haber inspirado a uno de sus clientes (que lo ha visto una sola vez y a quien no recuerda) el carácter de Shylock. Hombre de memorables ojos, de piel cetrina, de barba casi negra, David Jerusalem era el prototipo del judío sefardí, si bien pertenecía a los depravados y aborrecidos Ashkenazim. Fui severo con él; no permití que me ablandaran ni la compasión ni su gloria. Yo había comprendido hace muchos años que no hay cosa en el mundo que no sea germen de un Infierno posible; un rostro, una palabra, una brújula, un aviso de cigarrillos, podrían enloquecer a una persona, si ésta no lograra olvidarlos. ¿No estaría loco un hombre que continuamente se figurara el mapa de Hungría? Determiné aplicar ese principio al régimen disciplinario de nuestra casa y[1]... A fines de 1942, Jerusalem perdió la razón; el primero de marzo de 1943, logró darse muerte.[2]

Ignoro si Jerusalem comprendió que si yo lo destruí, fue para destruir mi piedad. Ante mis ojos, no era un hombre, ni siquiera un judío; se había transformado en el símbolo de una detestada zona de mi alma. Yo agonicé con él, yo morí con él, yo de algún modo me he perdido con él; por eso, fui implacable.

Mientras tanto, giraban sobre nosotros los grandes días y las grandes noches de una guerra feliz. Había en el aire

---

1. Ha sido inevitable, aquí, omitir unas líneas. (*Nota del editor.*)

2. Ni en los archivos ni en la obra de Soergel figura el nombre de Jerusalem. Tampoco lo registran las historias de la literatura alemana. No creo, sin embargo, que se trate de un personaje falso. Por orden de Otto Dietrich zur Linde fueron torturados en Tarnowitz muchos intelectuales judíos, entre ellos la pianista Emma Rosenzweig. "David Jerusalem" es tal vez un símbolo de varios individuos. Nos dicen que murió el primero de marzo de 1943, el primero de marzo de 1939, el narrador fue herido en Tilsit. (*Nota del editor.*)

que respirábamos un sentimiento parecido al amor. Como si bruscamente el mar estuviera cerca, había un asombro y una exaltación en la sangre. Todo, en aquellos años, era distinto; hasta el sabor del sueño. (Yo, quizá, nunca fui plenamente feliz, pero es sabido que la desventura requiere paraísos perdidos.) No hay hombre que no aspire a la plenitud, es decir a la suma de experiencias de que un hombre es capaz; no hay hombre que no tema ser defraudado de alguna parte de ese patrimonio infinito. Pero todo lo ha tenido mi generación, porque primero le fue deparada la gloria y después la derrota.

En octubre o noviembre de 1942, mi hermano Friedrich pereció en la segunda batalla de El Alamein, en los arenales egipcios; un bombardeo aéreo, meses después, destrozó nuestra casa natal; otro, a fines de 1943, mi laboratorio. Acosado por vastos continentes, moría el Tercer Reich; su mano estaba contra todos y las manos de todos contra él. Entonces, algo singular ocurrió, que ahora creo entender. Yo me creía capaz de apurar la copa de la cólera, pero en las heces me detuvo un sabor no esperado, el misterioso y casi terrible sabor de la felicidad. Ensayé diversas explicaciones; no me bastó ninguna. Pensé: *Me satisface la derrota, porque secretamente me sé culpable y sólo puede redimirme el castigo.* Pensé: *Me satisface la derrota, porque es un fin y yo estoy muy cansado.* Pensé: *Me satisface la derrota, porque ha ocurrido, porque está innumerablemente unida a todos los hechos que son, que fueron, que serán, porque censurar o deplorar un solo hecho real es blasfemar del universo.* Esas razones ensayé, hasta dar con la verdadera.

Se ha dicho que todos los hombres nacen aristotélicos o platónicos. Ello equivale a declarar que no hay debate de carácter abstracto que no sea un momento de la polémica de Aristóteles y Platón; a través de los siglos y latitudes, cambian los nombres, los dialectos, las caras, pero no los eternos antagonistas. También la historia de los pueblos registra una continuidad secreta. Arminio, cuando degolló en una ciénaga las legiones de Varo, no se sabía precursor de un Imperio Alemán; Lutero, traductor de la *Biblia*, no sospechaba que su fin era forjar un pueblo que destruyera para siempre la *Biblia*; Christoph zur Linde, a quien mató una bala moscovita en 1758, preparó de algún modo las victorias de 1914; Hitler creyó luchar por *un* país, pero luchó por todos, aun por aquellos que agredió y detestó. No importa que su yo lo ignorara; lo sabían su sangre, su voluntad. El mundo se moría de judaísmo y de esa enfermedad del judaísmo, que es la fe de Jesús; nosotros le enseñamos la violencia y la fe de la espada. Esa espada nos mata y somos comparables al hechicero que teje un laberinto y que se ve forzado a errar en él hasta el fin de sus días o a David que juzga a un desconocido y lo condena a muerte y oye después la revelación: "Tú eres aquel hombre". Muchas cosas hay que destruir para edificar el nuevo orden; ahora sabemos que Alemania era una de esas cosas. Hemos dado algo más que nuestra vida, hemos dado la suerte de nuestro querido país. Que otros maldigan y otros lloren; a mí me regocija que nuestro don sea orbicular y perfecto.

Se cierne ahora sobre el mundo una época implacable. Nosotros la forjamos, nosotros que ya somos su víctima. ¿Qué importa que Inglaterra sea el martillo y nosotros el yunque? Lo importante es que rija la violencia, no las serviles timideces cristianas. Si la victoria y la injusticia y la felicidad no son para Alemania, que sean para otras naciones. Que el cielo exista, aunque nuestro lugar sea el infierno.

Miro mi cara en el espejo para saber quién soy, para saber cómo me portaré dentro de unas horas, cuando me enfrente con el fin. Mi carne puede tener miedo; yo, no.

La busca de Averroes

S'imaginant que la tragédie n'est autre
chose que l'art de louer...

Ernest Renan: *Averroés*, 48 (1861)

Abulgualid Muhámmad Ibn-Ahmad ibn-Muhámmad ibn-Rushd (un siglo tardaría ese largo nombre en llegar a Averroes, pasando por Benraist y por Avenryz, y aun por Aben-Rassad y Filius Rosadis) redactaba el undécimo capítulo de la obra *Tahafut-ul-Tahafut* (Destrucción de la Destrucción), en el que se mantiene, contra el asceta persa Ghazali, autor del *Tahafut-ul-falasifa* (Destrucción de filósofos), que la divinidad sólo conoce las leyes generales del universo, lo concerniente a las especies, no al individuo. Escribía con lenta seguridad, de derecha a izquierda; el ejercicio de formar silogismos y de eslabonar vastos párrafos no le impedía sentir, como un bienestar, la fresca y honda casa que lo rodeaba. En el fondo de la siesta se enronquecían amorosas palomas; de algún patio invisible se elevaba el rumor de una fuente; algo en la carne de Averroes, cuyos antepasados procedían de los desiertos árabes, agradecía la constancia del agua. Abajo estaban los jardines, la huerta; abajo, el atareado Guadalquivir y después la querida ciudad de Córdoba, no menos clara que Bagdad o que el Cairo, como un complejo y delicado instrumento, y alrededor (esto Averroes lo sentía también) se dilataba hacia el confín la tierra de España, en la que hay pocas cosas, pero donde cada una parece estar de un modo sustantivo y eterno.

La pluma corría sobre la hoja, los argumentos se enlazaban, irrefutables, pero una leve preocupación empañó la felicidad de Averroes. No la causaba el *Tahafut*, trabajo fortuito, sino un problema de índole filológica vinculado a la obra monumental que lo justificaría ante las gentes: el comentario de Aristóteles. Este griego, manantial de toda filosofía, había sido otorgado a los hombres para enseñarles todo lo que se puede saber; interpretar sus libros como los ulemas interpretan el *Alcorán* era el arduo propósito de Averroes. Pocas cosas más bellas y más patéticas registrará la historia que esa consagración de un médico árabe a los pensamientos de un hombre de quien lo separaban catorce siglos; a las dificultades intrínsecas debemos añadir que Averroes, ignorante del siríaco y del griego, trabajaba sobre la traducción de una traducción. La víspera, dos palabras dudosas lo habían detenido en el principio de la *Poética*. Esas palabras eran *tragedia* y *comedia*. Las había encontrado años, atrás, en el libro tercero de la *Retórica*; nadie, en el ámbito del Islam, barruntaba lo que querían decir. Vanamente había fatigado las páginas de Alejandro de Afrodisia, vanamente había compulsado las versiones del nestoriano Hunáin ibn-Ishaq y de Abu-Bashar Mata. Esas dos palabras arcanas pululaban en el texto de la *Poética*; imposible eludirlas.

Averroes dejó la pluma. Se dijo (sin demasiada fe) que suele estar muy cerca lo que buscamos, guardó el manuscrito del *Tahafut* y se dirigió al anaquel donde se alineaban, copiados por calígrafos persas, los muchos volúmenes del *Mohkam* del ciego Abensida. Era irrisorio imaginar que no los había consultado, pero lo tentó el ocioso placer de volver sus páginas. De esa estudiosa distracción lo distrajo una suerte de melodía. Miró por el balcón enrejado; abajo, en el estrecho patio de tierra, jugaban unos chicos semidesnudos. Uno, de pie en los hombros de otro, hacía notoriamente de almuédano; bien cerrados los ojos, salmodiaba "No hay otro dios que el Dios". El que lo sostenía, inmóvil, hacía de alminar; otro, abyecto en el polvo y arrodillado, de congregación de los fieles. El juego duró poco: todos querían ser el almuédano, nadie la congregación o la torre. Averroes los oyó disputar en dialecto grosero, vale decir en el incipiente español de la plebe musulmana de la Península. Abrió el *Quitab ul ain* de Jalil y pensó con orgullo que en toda Córdoba (acaso en todo Al-Andalus) no había otra copia de la obra perfecta que ésta que el emir Yacub Almansur le había remitido de Tánger. El nombre de ese puerto le recordó que el viajero Abulcásim Al Asharí, que había regresado de Marruecos, cenaría con él esa noche en casa del alcoranista Farach. Abulcásim decía haber alcanzado los reinos del imperio de Sin (de la China); sus detractores, con esa lógica peculiar que da el odio, juraban que nunca había pisado la China y que en los templos de ese país había blasfemado de Alá. Inevitablemente, la reunión duraría unas horas; Averroes, presuroso, retomó la escritura del *Tahafut*. Trabajó hasta el crepúsculo de la noche.

El diálogo, en la casa de Farach, pasó de las incomparables virtudes del gobernador a las de su hermano el emir; después, en el jardín, hablaron de rosas. Abulcásim, que no las había mirado, juró que no había rosas como las rosas que decoran los cármenes andaluces. Farach no se dejó sobornar; observó que el docto Ibn Qutaiba describe una excelente variedad de la rosa perpetua, que se da en los jardines del Indostán y cuyos pétalos, de un rojo encarnado, presentan caracteres que dicen: "No hay otro dios que el Dios, Muhámmad es el Apóstol de Dios". Agregó que Abulcásim, seguramente, conocería esas rosas. Abulcásim lo miró con alarma. Si respondía que sí, todos lo juzgarían, con razón, el más disponible y casual de los impostores; si respondía que no, lo juzgarían un infiel. Optó por musitar que con el Señor están las llaves de las cosas ocultas y que no hay en la tierra una cosa verde o una cosa marchita que no esté registrada en Su Libro. Esas palabras pertenecen a una de las primeras azoras; las acogió un murmullo reverencial. Envanecido por esa victoria dialéctica, Abulcásim iba a pronunciar que el Señor es perfecto en sus obras e inescrutable. Entonces Averroes declaró, prefigurando las remotas razones de un todavía problemático Hume:

—Me cuesta menos admitir un error en el docto Ibn Qutaiba, o en los copistas, que admitir que la tierra da rosas con la profesión de la fe.

—Así es. Grandes y verdaderas palabras —dijo Abulcásim.

—Algún viajero —recordó el poeta Abdalmálik— habla de un árbol cuyo fruto son verdes pájaros. Menos me duele creer en él que en rosas con letras.

—El color de los pájaros —dijo Averroes— parece facilitar el portento. Además, los frutos y los pájaros pertenecen al mundo natural, pero la escritura es un arte. Pasar de hojas a pájaros es más fácil que de rosas a letras.

Otro huésped negó con indignación que la escritura fuese un arte, ya que el original del Qurán —*la madre del*

Libro— es anterior a la Creación y se guarda en el cielo. Otro habló de Cháhiz de Basra, que dijo que el Qurán es una sustancia que puede tomar la forma de un hombre o la de un animal, opinión que parece convenir con la de quienes le atribuyen dos caras. Farach expuso largamente la doctrina ortodoxa. El Qurán (dijo) es uno de los atributos de Dios, como Su piedad; se copia en un libro, se pronuncia con la lengua, se recuerda en el corazón, y el idioma y los signos y la escritura son obra de los hombres, pero el Qurán es irrevocable y eterno. Averroes, que había comentado la *República*, pudo haber dicho que la madre del Libro es algo así como su modelo platónico, pero notó que la teología era un tema del todo inaccesible a Abulcásim.

Otros, que también lo advirtieron, instaron a Abulcásim a referir alguna maravilla. Entonces como ahora, el mundo era atroz; los audaces podían recorrerlo, pero también los miserables, los que se allanaban a todo. La memoria de Abulcásim era un espejo de íntimas cobardías. ¿Qué podía referir? Además, le exigían maravillas y la maravilla es acaso incomunicable: la luna de Bengala no es igual a la luna del Yemen, pero se deja describir con las mismas voces. Abulcásim vaciló; luego, habló:

—Quien recorre los climas y las ciudades —proclamó con unción— ve muchas cosas que son dignas de crédito. Ésta, digamos, que sólo he referido una vez, al rey de los turcos. Ocurrió en Sin Kalán (Cantón), donde el río del Agua de la Vida se derrama en el mar.

Farach preguntó si la ciudad quedaba a muchas leguas de la muralla que Iskandar Zul Qarnain (Alejandro Bicorne de Macedonia) levantó para detener a Gog y a Magog.

—Desiertos la separan —dijo Abulcásim, con involuntaria soberbia—. Cuarenta días tardaría una cáfila (caravana) en divisar sus torres y dicen que otros tantos en alcanzarlas. En Sin Kalán no sé de ningún hombre que la haya visto o que haya visto a quien la vio.

El temor de lo crasamente infinito, del mero espacio, de la mera materia, tocó por un instante a Averroes. Miró el simétrico jardín; se supo envejecido, inútil, irreal. Decía Abulcásim:

—Una tarde, los mercaderes musulmanes de Sin Kalán me condujeron a una casa de madera pintada, en la que vivían muchas personas. No se puede contar cómo era esa casa, que más bien era un solo cuarto, con filas de alacenas o de balcones, unas encima de otras. En esas cavidades había gente que comía y bebía; y asimismo en el suelo, y asimismo en una terraza. Las personas de esa terraza tocaban el tambor y el laúd, salvo unas quince o veinte (con máscaras de color carmesí) que rezaban, cantaban y dialogaban. Padecían prisiones, y nadie veía la cárcel; cabalgaban, pero no se percibía el caballo; combatían, pero las espadas eran de caña; morían y después estaban de pie.

—Los actos de los locos —dijo Farach— exceden las previsiones del hombre cuerdo.

—No estaban locos —tuvo que explicar Abulcásim—. Estaban figurando, me dijo un mercader, una historia.

Nadie comprendió, nadie pareció querer comprender. Abulcásim, confuso, pasó de la escuchada narración a las desairadas razones. Dijo, ayudándose con las manos:

—Imaginemos que alguien muestra una historia en vez de referirla. Sea esa historia la de los durmientes de Éfeso. Los vemos retirarse a la caverna, los vemos orar y dormir, los vemos dormir con los ojos abiertos, los vemos crecer mientras duermen, los vemos despertar a la vuelta de trescientos nueve años, los vemos entregar al vendedor una antigua moneda, los vemos despertar en el paraíso, los vemos despertar con el perro. Algo así nos mostraron aquella tarde las personas de la terraza.

—¿Hablaban esas personas? —interrogó Farach.

—Por supuesto que hablaban —dijo Abulcásim, convertido en apologista de una función que apenas recordaba y que lo había fastidiado bastante—. ¡Hablaban y cantaban y peroraban!

—En tal caso —dijo Farach— no se requerían *veinte* personas. Un solo hablista puede referir cualquier cosa, por compleja que sea.

Todos aprobaron ese dictamen. Se encarecieron las virtudes del árabe, que es el idioma que usa Dios para dirigir a los ángeles; luego, de la poesía de los árabes. Abdalmálik, después de ponderarla debidamente, motejó de anticuados a los poetas que en Damasco o en Córdoba se aferraban a imágenes pastoriles y a un vocabulario beduino. Dijo que era absurdo que un hombre ante cuyos ojos se dilataba el Guadalquivir celebrara el agua de un pozo. Urgió la conveniencia de renovar las antiguas metáforas; dijo que cuando Zuhair comparó al destino con un camello ciego, esa figura pudo suspender a la gente, pero que cinco siglos de admiración la habían gastado. Todos aprobaron ese dictamen, que ya habían escuchado muchas veces, de muchas bocas. Averroes callaba. Al fin habló, menos para los otros que para él mismo.

—Con menos elocuencia —dijo Averroes— pero con argumentos congéneres, he defendido alguna vez la proposición que mantiene Abdalmálik. En Alejandría se ha dicho que sólo es incapaz de una culpa quien ya la cometió y ya se arrepintió; para estar libre de un error, agreguemos, conviene haberlo profesado. Zuhair, en su mohalaca, dice que en el decurso de ochenta años de dolor y de gloria, ha visto muchas veces al destino atropellar de golpe a los hombres, como un camello ciego. Abdalmálik entiende que esa figura ya no puede maravillar. A ese reparo cabría contestar muchas cosas. La primera, que si el fin del poema fuera el asombro, su tiempo no se mediría por siglos, sino por días y por horas y tal vez por minutos. La segunda, que un famoso poeta es menos inventor que descubridor. Para alabar a Ibn-Sháraf de Berja, se ha repetido que sólo él pudo imaginar que las estrellas en el alba caen lentamente, como las hojas caen de los árboles; ello, si fuera cierto, evidenciaría que la imagen es baladí. La imagen que un solo hombre puede formar es la que no toca a ninguno. Infinitas cosas hay en la tierra; cualquiera puede equipararse a cualquiera. Equiparar estrellas con hojas no es menos arbitrario que equipararlas con peces o con pájaros. En cambio, nadie no sintió alguna vez que el destino es fuerte y es torpe, que es inocente y es también inhumano. Para esa convicción, que puede ser pasajera o continua, pero que nadie elude, fue escrito el verso de Zuhair. No se dirá mejor lo que allí se dijo. Además (y esto es acaso lo esencial de mis reflexiones), el tiempo, que despoja los alcázares, enriquece los versos. El de Zuhair, cuando éste lo compuso en Arabia, sirvió para confrontar dos imágenes, la del viejo camello y la del destino: repetido ahora, sirve para memoria de Zuhair y para confundir nuestros pesares con los de aquel árabe muerto. Dos términos tenía la figura y hoy tiene cuatro. El tiempo agranda el ámbito de los versos y sé de algunos que a la par de la música, son todo para todos los hombres. Así, atormentado hace años en Marrakesh por memorias de Córdoba, me complacía en repetir el apóstrofe que Abdurrahmán dirigió en los jardines de Ruzafa a una palma africana:

Tú también eres, ¡oh palma!
En este suelo extranjera...

Singular beneficio de la poesía; palabras redactadas por un rey que anhelaba el Oriente me sirvieron a mí, desterrado en África, para mi nostalgia de España.

Averroes, después, habló de los primeros poetas, de aquellos que en el Tiempo de la Ignorancia, antes del Islam, ya dijeron todas las cosas, en el infinito lenguaje de los desiertos. Alarmado, no sin razón, por las fruslerías de Ibn-Sháraf, dijo que en los antiguos y en el Qurán estaba cifrada toda poesía y condenó por analfabeta y por vana la ambición de innovar. Los demás lo escucharon con placer, porque vindicaba lo antiguo.

Los muecines llamaban a la oración de la primera luz cuando Averroes volvió a entrar en la biblioteca. (En el harén, las esclavas de pelo negro habían torturado a una esclava de pelo rojo, pero él no lo sabría sino a la tarde.) Algo le había revelado el sentido de las dos palabras oscuras. Con firme y cuidadosa caligrafía agregó estas líneas al manuscrito: "Aristú (Aristóteles) denomina tragedia a los panegíricos y comedias a las sátiras y anatemas. Admirables tragedias y comedias abundan en las páginas del Corán y en las mohalacas del santuario."

Sintió sueño, sintió un poco de frío. Desceñido el turbante, se miró en un espejo de metal. No sé lo que vieron sus ojos, porque ningún historiador ha descrito las formas de su cara. Sé que desapareció bruscamente, como si lo fulminara un fuego sin luz, y que con él desaparecieron la casa y el invisible surtidor y los libros y los manuscritos y las palomas y las muchas esclavas de pelo negro y la trémula esclava de pelo rojo y Farach y Abulcásim y los rosales y tal vez el Guadalquivir.

En la historia anterior quise narrar el proceso de una derrota. Pensé, primero, en aquel arzobispo de Canterbury que se propuso demostrar que hay un Dios; luego, en los alquimistas que buscaron la piedra filosofal; luego, en los vanos trisectores del ángulo y rectificadores del círculo. Reflexioné, después, que más poético es el caso de un hombre que se propone un fin que no está vedado a los otros, pero sí a él. Recordé a Averroes, que encerrado en el ámbito del Islam, nunca pudo saber el significado de las voces *tragedia* y *comedia*. Referí el caso; a medida que adelantaba, sentí lo que hubo de sentir aquel dios mencionado por Burton que se propuso crear un toro y creó un búfalo. Sentí que la obra se burlaba de mí. Sentí que Averroes, queriendo imaginar lo que es un drama sin haber sospechado lo que es un teatro, no era más absurdo que yo, queriendo imaginar a Averroes, sin otro material que unos adarmes de Renan, de Lane y de Asín Palacios. Sentí, en la última página, que mi narración era un símbolo del hombre que yo fui, mientras la escribía y que, para redactar esa narración, yo tuve que ser aquel hombre y que, para ser aquel hombre, yo tuve que redactar esa narración, y así hasta lo infinito. (En el instante en que yo dejo de creer en él, "Averroes" desaparece.)

El Zahir

En Buenos Aires el Zahir es una moneda común, de veinte centavos; marcas de navajas o de cortaplumas rayan las letras N T y el número 2; 1929 es la fecha grabada en el anverso. (En Guzerat, a fines del siglo XVIII, un tigre fue Zahir; en Java, un ciego de la mezquita de Surakarta, a quien lapidaron los fieles; en Persia, un astrolabio que Nadir Shah hizo arrojar al fondo del mar; en las prisiones de Mahdí, hacia 1892, una pequeña brújula que Rudolf Carl von Slatin tocó, envuelta en un jirón de turbante; en la aljama de Córdoba, según Zotenberg, una veta en el mármol de uno de los mil doscientos pilares; en la judería de Tetuán, el fondo de un pozo.) Hoy es el 13 de noviembre; el día 7 de junio, a la madrugada, llegó a mis manos el Zahir; no soy el que era entonces pero aún me es dado recordar, y acaso referir, lo ocurrido. Aún, siquiera parcialmente, soy Borges.

El 6 de junio murió Teodelina Villar. Sus retratos, hacia 1930, obstruían las revistas mundanas; esa plétora acaso contribuyó a que la juzgaran muy linda, aunque no todas las efigies apoyaran incondicionalmente esa hipótesis. Por lo demás, Teodelina Villar se preocupaba menos de la belleza que de la perfección. Los hebreos y los chinos codificaron todas las circunstancias humanas; en la *Mishnah* se lee que, iniciado el crepúsculo del sábado, un sastre no debe salir a la calle con una aguja; en el *Libro de los Ritos* que un huésped, al recibir la primera copa, debe tomar un aire grave y, al recibir la segunda, un aire respetuoso y feliz. Análogo, pero más minucioso, era el rigor que se exigía Teodelina Villar. Buscaba, como el adepto de Confucio o el talmudista, la irreprochable corrección de cada acto, pero su empeño era más admirable y más duro, porque las normas de su credo no eran eternas, sino que se plegaban a los azares de París o de Hollywood. Teodelina Villar se mostraba en lugares ortodoxos, a la hora ortodoxa, con atributos ortodoxos, con desgano ortodoxo, pero el desgano, los atributos, la hora y los lugares caducaban casi inmediatamente y servirían (en boca de Teodelina Villar) para definición de lo cursi. Buscaba lo absoluto, como Flaubert, pero lo absoluto en lo momentáneo. Su vida era ejemplar y, sin embargo, la roía sin tregua una desesperación interior. Ensayaba continuas metamorfosis, como para huir de sí misma; el color de su pelo y las formas de su peinado eran famosamente inestables. También cambiaban la sonrisa, la tez, el sesgo de los ojos. Desde 1932, fue estudiosamente delgada... La guerra le dio mucho que pensar. Ocupado París por los alemanes ¿cómo seguir la moda? Un extranjero de quien ella siempre había desconfiado se permitió abusar de su buena fe para venderle una porción de sombreros cilíndricos; al año, se propaló que esos adefesios *nunca se habían llevado en París* y por consiguiente no eran sombreros, sino arbitrarios y desautorizados caprichos. Las desgracias no vienen solas; el doctor Villar tuvo que mudarse a la calle Aráoz y el retrato de su hija decoró anuncios de cremas y de automóviles. (¡Las cremas que harto se aplicaba, los automóviles que ya *no* poseía!) Ésta sabía que el buen ejercicio de su arte exigía una gran fortuna; prefirió retirarse a claudicar. Además, le dolía competir con chicuelas insustanciales. El siniestro departamento de Aráoz resultó demasiado oneroso; el 6 de junio, Teodelina Villar cometió el solecismo de morir en pleno Barrio Sur. ¿Confesaré que, movido por la más sincera de las pasiones argentinas, el esnobismo, yo estaba enamorado de ella y que su muerte me afectó hasta las lágrimas? Quizá ya lo haya sospechado el lector.

En los velorios, el progreso de la corrupción hace que el muerto recupere sus caras anteriores. En alguna etapa de la confusa noche del 6, Teodelina Villar fue mágicamente la que fue hace veinte años; sus rasgos recobraron la autoridad que dan la soberbia, el dinero, la juventud, la conciencia de coronar una jerarquía, la falta de imaginación, las limitaciones, la estolidez. Más o menos pensé: ninguna versión de esa cara que tanto me inquietó será tan memorable como ésta; conviene que sea la última, ya que pudo ser la primera. Rígida entre las flores la dejé, perfeccionando su desdén por la muerte. Serían las dos de la mañana cuando salí. Afuera, las previstas hileras de casas bajas y de casas de un piso habían tomado ese aire abstracto que suelen tomar en la noche, cuando la sombra y el silencio las simplifican. Ebrio de una piedad casi impersonal, caminé por las calles. En la esquina de Chile y de Tacuarí vi un almacén abierto. En aquel almacén, para mi desdicha, tres hombres jugaban al truco.

En la figura que se llama *oxímoron*, se aplica a una palabra un epíteto que parece contradecirla; así los gnósticos hablaron de luz oscura; los alquimistas, de un sol negro. Salir de mi última visita a Teodelina Villar y tomar una caña en un almacén era una especie de oxímoron; su grosería y su facilidad me tentaron. (La circunstancia de que se jugara a los naipes aumentaba el contraste.) Pedí una caña de naranja; en el vuelto me dieron el Zahir; lo miré un instante; salí a la calle, tal vez con un principio de fiebre. Pensé que no hay moneda que no sea símbolo de las monedas que sin fin resplandecen en la historia y la fábula. Pensé en el óbolo de Caronte; en el óbolo que pidió Belisario; en los treinta dineros de Judas; en las dracmas de la cortesana Laís; en la antigua moneda que ofreció uno de los durmientes de Éfeso; en las claras monedas del hechicero de *Las mil y una noches*, que después eran círculos de papel; en el denario inagotable de Isaac Laquedem; en las sesenta mil piezas de plata, una por cada verso de una epopeya, que Firdusi devolvió a un rey porque no eran de oro; en la onza de oro que hizo clavar Ahab en el mástil; en el florín irreversible de Leopold Bloom; en el luis cuya efigie delató, cerca de Varennes, al fugitivo Luis XVI. Como en un sueño, el pensamiento de que toda moneda permite esas ilustres connotaciones me pareció de vasta, aunque inexplicable, importancia. Recorrí, con creciente velocidad, las calles y las plazas desiertas. El cansancio me dejó en una esquina. Vi una sufrida verja de fierro; detrás vi las baldosas negras y blancas del atrio de la Concepción. Había errado en círculo; ahora estaba a una cuadra del almacén donde me dieron el Zahir.

Doblé; la ochava oscura me indicó, desde lejos, que el almacén ya estaba cerrado. En la calle Belgrano tomé un taxímetro. Insomne, poseído, casi feliz, pensé que nada hay menos material que el dinero, ya que cualquier moneda (una moneda de veinte centavos, digamos) es, en rigor, un repertorio de futuros posibles. El dinero es abstracto, repetí, el dinero es tiempo futuro. Puede ser una tarde en las afueras, puede ser música de Brahms, puede ser mapas, puede ser ajedrez, puede ser café, puede ser las palabras de Epicteto, que enseñan el desprecio del oro; es un Proteo más versátil que el de la isla de Pharos. Es tiempo imprevisible, tiempo de Bergson, no duro tiempo del Islam o del Pórtico. Los deterministas niegan que haya en el mundo un solo hecho posible, *id est* un hecho que pudo acontecer; una moneda simboliza nuestro libre albedrío. (No sospechaba yo que esos "pensamientos" eran un artificio contra el Zahir y una primera forma de su demoníaco influjo.) Dormí tras de tenaces cavilaciones, pero soñé que yo era las monedas que custodiaba un grifo.

Al otro día resolví que yo había estado ebrio. También resolví librarme de la moneda que tanto me inquietaba. La miré: nada tenía de particular, salvo unas rayaduras. Enterrarla en el jardín o esconderla en un rincón de la biblioteca hubiera sido lo mejor, pero yo quería alejarme de su órbita. Preferí perderla. No fui al Pilar, esa mañana, ni al cementerio; fui, en subterráneo, a Constitución y de Constitución a San Juan y Boedo. Bajé, impensadamente, en Urquiza; me dirigí al oeste y al sur; barajé, con desorden estudioso, unas cuantas esquinas y en una calle que me pareció igual a todas, entré en un boliche cualquiera, pedí una caña y la pagué con el Zahir. Entrecerré los ojos, detrás de los cristales ahumados; logré no ver los números de las casas ni el nombre de la calle. Esa noche, tomé una pastilla de veronal y dormí tranquilo.

Hasta fines de junio me distrajo la tarea de componer un relato fantástico. Éste encierra dos o tres perífrasis enigmáticas —en lugar de *sangre* pone *agua de la espada*;

en lugar de *oro*, *lecho de la serpiente*— y está escrito en primera persona. El narrador es un asceta que ha renunciado al trato de los hombres y vive en una suerte de páramo. (Gnitaheidr es el nombre de ese lugar.) Dado el candor y la sencillez de su vida, hay quienes lo juzgan un ángel; ello es una piadosa exageración, porque no hay hombre que esté libre de culpa. Sin ir más lejos, él mismo ha degollado a su padre; bien es verdad que éste era un famoso hechicero que se había apoderado, por artes mágicas, de un tesoro infinito. Resguardar el tesoro de la insana codicia de los humanos es la misión a la que ha dedicado toda su vida; día y noche vela sobre él. Pronto, quizá demasiado pronto, esa vigilia tendrá fin: las estrellas le han dicho que ya se ha forjado la espada que la tronchará para siempre. (Gram es el nombre de esa espada.) En un estilo cada vez más tortuoso, pondera el brillo y la flexibilidad de su cuerpo; en algún párrafo habla distraídamente de escamas; en otro dice que el tesoro que guarda es de oro fulgurante y de anillos rojos. Al final entendemos que el asceta es la serpiente Fafnir y el tesoro en que yace, el de los Nibelungos. La aparición de Sigurd corta bruscamente la historia.

He dicho que la ejecución de esa fruslería (en cuyo decurso intercalé, seudoeruditamente, algún verso de la *Fáfnismál*) me permitió olvidar la moneda. Noches hubo en que me creí tan seguro de poder olvidarla que voluntariamente la recordaba. Lo cierto es que abusé de esos ratos; darles principio resultaba más fácil que darles fin. En vano repetí que ese abominable disco de níquel no difería de los otros que pasan de una mano a otra mano, iguales, infinitos e inofensivos. Impulsado por esa reflexión, procuré pensar en otra moneda, pero no pude. También recuerdo algún experimento, frustrado, con cinco y diez centavos chilenos y con un vintén oriental. El 16 de julio adquirí una libra esterlina; no la miré durante el día, pero esa noche (y otras) la puse bajo un vidrio de aumento y la estudié a la luz de una poderosa lámpara eléctrica. Después la dibujé con un lápiz, a través de un papel. De nada me valieron el fulgor y el dragón y el San Jorge; no logré cambiar de idea fija.

El mes de agosto, opté por consultar a un psiquiatra. No le confié toda mi ridícula historia; le dije que el insomnio me atormentaba y que la imagen de un objeto cualquiera solía perseguirme; la de una ficha o la de una moneda, digamos... Poco después, exhumé en una librería de la calle Sarmiento un ejemplar de *Urkunden zur Geschichte der Zahirsage* (Breslau, 1899) de Julius Barlach.

En aquel libro estaba declarado mi mal. Según el prólogo, el autor se propuso "reunir en un solo volumen en manuable octavo mayor todos los documentos que se refieren a la superstición del Zahir, incluso cuatro piezas pertenecientes al archivo de Habicht y el manuscrito original del informe de Philip Meadows Taylor". La creencia en el Zahir es islámica y data, al parecer, del siglo XVIII. (Barlach impugna los pasajes que Zotenberg atribuye a Abulfeda.) *Zahir*, en árabe, quiere decir notorio, visible; en tal sentido, es uno de los noventa y nueve nombres de Dios; la plebe, en tierras musulmanas, lo dice de "los seres o cosas que tienen la terrible virtud de ser inolvidables y cuya imagen acaba por enloquecer a la gente". El primer testimonio incontrovertido es el del persa Lutf Alí Azur. En las puntuales páginas de la enciclopedia biográfica titulada *Templo del Fuego*, ese polígrafo y derviche ha narrado que en un colegio de Shiraz hubo un astrolabio de cobre, "construido de tal suerte que quien lo miraba una vez no pensaba en otra cosa y así el rey ordenó que lo arrojaran a lo más profundo del mar, para que los hombres no se olvidaran del universo". Más dilatado es el informe de Meadows Taylor, que sirvió al nizam de Haidarabad y compuso la famosa novela *Confessions of a Thug*. Hacia 1832, Taylor oyó en los arrabales de Bhuj la desacostumbrada locución "Haber visto al Tigre" (*Verily he has looked on the Tiger*) para significar la locura o la santidad. Le dijeron que la referencia era a un tigre mágico, que fue la perdición de cuantos lo vieron, aun de muy lejos, pues todos continuaron pensando en él, hasta el fin de sus días. Alguien dijo que uno de esos desventurados había huido a Mysore, donde había pintado en un palacio la figura del tigre. Años después, Taylor visitó las cárceles de ese reino; en la de Nittur el gobernador le mostró una celda, en cuyo piso, en cuyos muros, y en cuya bóveda un faquir musulmán había diseñado (en bárbaros colores que el tiempo, antes de borrar, afinaba) una especie de tigre infinito. Ese tigre estaba hecho de muchos tigres, de vertiginosa manera; lo atravesaban tigres, estaba rayado de tigres, incluía mares e Himalayas y ejércitos que parecían otros tigres. El pintor había muerto hace muchos años, en esa misma celda; venía de Sind o acaso de Guzerat y su propósito inicial había sido trazar un mapamundi. De ese propósito quedaban vestigios en la monstruosa imagen. Taylor narró la historia a Muhammad Al-Yemení, de Fort William; éste le dijo que no había criatura en el orbe que no propendiera a *Zaheer*,[1] pero que el Todomisericordioso no deja que dos cosas lo sean a un tiempo, ya que una sola puede fascinar muchedumbres. Dijo que siempre hay un Zahir y que en la Edad de la Ignorancia fue el ídolo que se llamó Yaúq y después un profeta del Jorasán, que usaba un velo recamado de piedras o una máscara de oro.[2] También dijo que Dios es inescrutable.

Muchas veces leí la monografía de Barlach. No desentraño cuáles fueron mis sentimientos; recuerdo la desesperación cuando comprendí que ya nada me salvaría, el intrínseco alivio de saber que yo no era culpable de mi desdicha, la envidia que me dieron aquellos hombres cuyo Zahir no fue una moneda sino un trozo de mármol o un tigre. Qué empresa fácil no pensar en un tigre, reflexioné. También recuerdo la inquietud singular con que leí este párrafo: "Un comentador del *Gulshan i Raz* dice que quien ha visto al Zahir pronto verá la Rosa y alega un verso interpolado en el *Asrar Nama* (Libro de cosas que se ignoran) de Attar: el Zahir es la sombra de la Rosa y la rasgadura del Velo".

La noche que velaron a Teodelina, me sorprendió no ver entre los presentes a la señora de Abascal, su hermana menor. En octubre, una amiga suya me dijo:

—Pobre Julita, se había puesto rarísima y la internaron en el Bosch. Cómo las postrará a las enfermeras que le dan

---

1. Así escribe Taylor esa palabra.

2. Barlach observa que Yaúq figura en el *Corán* (71, 23) y que el profeta es Al-Moqanna (El Velado) y que nadie, fuera del sorprendente corresponsal de Philip Meadows Taylor, los ha vinculado al Zahir.

de comer en la boca. Sigue dele temando con la moneda, idéntica al *chauffeur* de Morena Sackmann.

El tiempo, que atenúa los recuerdos, agrava el del Zahir. Antes yo me figuraba el anverso y después el reverso; ahora, veo simultáneamente los dos. Ello no ocurre como si fuera de cristal el Zahir, pues una cara no se superpone a la otra; más bien ocurre como si la visión fuera esférica y el Zahir campeara en el centro. Lo que no es el Zahir me llega tamizado y como lejano: la desdeñosa imagen de Teodelina, el dolor físico. Dijo Tennyson que si pudiéramos comprender una sola flor sabríamos quiénes somos y qué es el mundo. Tal vez quiso decir que no hay hecho, por humilde que sea, que no implique la historia universal y su infinita concatenación de efectos y causas. Tal vez quiso decir que el mundo visible se da entero en cada representación, de igual manera que la voluntad, según Schopenhauer, se da entera en cada sujeto. Los cabalistas entendieron que el hombre es un microcosmo, un simbólico espejo del universo; todo, según Tennyson, lo sería. Todo, hasta el intolerable Zahir.

Antes de 1948, el destino de Julia me habrá alcanzado. Tendrán que alimentarme y vestirme, no sabré si es de tarde o de mañana, no sabré quién fue Borges. Calificar de terrible ese porvenir es una falacia, ya que ninguna de sus circunstancias obrará para mí. Tanto valdría mantener que es terrible el dolor de un anestesiado a quien le abren el cráneo. Ya no percibiré el universo, percibiré el Zahir. Según la doctrina idealista, los verbos *vivir* y *soñar* son rigurosamente sinónimos; de miles de apariencias pasaré a una; de un sueño muy complejo a un sueño muy simple. Otros soñarán que estoy loco y yo con el Zahir. Cuando todos los hombres de la tierra piensen, día y noche, en el Zahir, ¿cuál será un sueño y cuál una realidad, la tierra o el Zahir?

En las horas desiertas de la noche aún puedo caminar por las calles. El alba suele sorprenderme en un banco de la plaza Garay, pensando (procurando pensar) en aquel pasaje del *Asrar Nama*, donde se dice que el Zahir es la sombra de la Rosa y la rasgadura del Velo. Vinculo ese dictamen a esta noticia: Para perderse en Dios, los sufíes repiten su propio nombre o los noventa y nueve nombres divinos hasta que éstos ya nada quieren decir. Yo anhelo recorrer esa senda. Quizá yo acabe por gastar el Zahir a fuerza de pensarlo y de repensarlo; quizá detrás de la moneda esté Dios.

A Wally Zenner

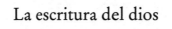

La escritura del dios

La cárcel es profunda y de piedra; su forma, la de un hemisferio casi perfecto, si bien el piso (que también es de piedra) es algo menor que un círculo máximo, hecho que agrava de algún modo los sentimientos de opresión y de vastedad. Un muro medianero la corta; éste, aunque altísimo, no toca la parte superior de la bóveda; de un lado estoy yo, Tzinacán, mago de la pirámide de Qaholom, que Pedro de Alvarado incendió; del otro hay un jaguar, que mide con secretos pasos iguales el tiempo y el espacio del cautiverio. A ras del suelo, una larga ventana con barrotes corta el muro central. En la hora sin sombra [el mediodía], se abre una trampa en lo alto y un carcelero que han ido borrando los años maniobra una roldana de hierro, y nos baja, en la punta de un cordel, cántaros con agua y trozos de carne. La luz entra en la bóveda; en ese instante puedo ver al jaguar.

He perdido la cifra de los años que yazgo en la tiniebla; yo, que alguna vez era joven y podía caminar por esta prisión, no hago otra cosa que aguardar, en la postura de mi muerte, el fin que me destinan los dioses. Con el hondo cuchillo de pedernal he abierto el pecho de las víctimas y ahora no podría, sin magia, levantarme del polvo.

La víspera del incendio de la Pirámide, los hombres que bajaron de altos caballos me castigaron con metales ardientes para que revelara el lugar de un tesoro escondido. Abatieron, delante de mis ojos, el ídolo del dios, pero éste no me abandonó y me mantuve silencioso entre los tormentos. Me laceraron, me rompieron, me deformaron y luego desperté en esta cárcel, que ya no dejaré en mi vida mortal.

Urgido por la fatalidad de hacer algo, de poblar de algún modo el tiempo, quise recordar, en mi sombra, todo lo que sabía. Noches enteras malgasté en recordar el orden y el número de unas sierpes de piedra o la forma de un árbol medicinal. Así fui debelando los años, así fui entrando en posesión de lo que ya era mío. Una noche sentí que me acercaba a un recuerdo preciso; antes de ver el mar, el viajero siente una agitación en la sangre. Horas después, empecé a avistar el recuerdo; era una de las tradiciones del dios. Éste, previendo que en el fin de los tiempos ocurrirían muchas desventuras y ruinas, escribió el primer día de la Creación una sentencia mágica, apta para conjurar esos males. La escribió de manera que llegara a las más apartadas generaciones y que no la tocara el azar. Nadie sabe en qué punto la escribió ni con qué caracteres, pero nos consta que perdura, secreta, y que la leerá un elegido. Consideré que estábamos, como siempre, en el fin de los tiempos y que mi destino de último sacerdote del dios me daría acceso al privilegio de intuir esa escritura. El hecho de que me rodeara una cárcel no me vedaba esa esperanza; acaso yo había visto miles de veces la inscripción de Qaholom y sólo me faltaba entenderla.

Esta reflexión me animó y luego me infundió una especie de vértigo. En el ámbito de la tierra hay formas antiguas, formas incorruptibles y eternas; cualquiera de ellas podía ser el símbolo buscado. Una montaña podía ser la palabra del dios, o un río o el imperio o la configuración de los astros. Pero en el curso de los siglos las montañas se allanan y el camino de un río suele desviarse y los imperios conocen mutaciones y estragos y la figura de los astros varía. En el firmamento hay mudanza. La montaña y la estrella son individuos y los individuos caducan. Busqué algo más tenaz, más invulnerable. Pensé en las generaciones de los cereales, de los pastos, de los pájaros, de los hombres. Quizá en mi cara estuviera escrita la magia, quizá yo mismo fuera el fin de mi busca. En ese afán estaba cuando recordé que el jaguar era uno de los atributos del dios.

Entonces mi alma se llenó de piedad. Imaginé la primera mañana del tiempo, imaginé a mi dios confiando el mensaje a la piel viva de los jaguares, que se amarían y se engendrarían sin fin, en cavernas, en cañaverales, en islas, para que los últimos hombres lo recibieran. Imaginé esa red de tigres, ese caliente laberinto de tigres, dando horror a los prados y a los rebaños para conservar un dibujo. En la otra celda había un jaguar; en su vecindad percibí una confirmación de mi conjetura y un secreto favor.

Dediqué largos años a aprender el orden y la configuración de las manchas. Cada ciega jornada me concedía un instante de luz, y así pude fijar en la mente las negras formas que tachaban el pelaje amarillo. Algunas incluían puntos; otras formaban rayas transversales en la cara interior de las piernas; otras, anulares, se repetían. Acaso eran un mismo sonido o una misma palabra. Muchas tenían bordes rojos.

No diré las fatigas de mi labor. Más de una vez grité a la bóveda que era imposible descifrar aquel texto. Gradualmente, el enigma concreto que me atareaba me inquietó menos que el enigma genérico de una sentencia escrita por un dios. ¿Qué tipo de sentencia (me pregunté) construirá una mente absoluta? Consideré que aun en los lenguajes humanos no hay proposición que no implique el universo entero; decir *el tigre* es decir los tigres que lo engendraron, los ciervos y tortugas que devoró, el pasto de que se alimentaron los ciervos, la tierra que fue madre del pasto, el cielo que dio luz a la tierra. Consideré que en el lenguaje de un dios toda palabra enunciaría esa infinita concatenación de los hechos, y no de un modo implícito, sino explícito, y no de un modo progresivo, sino inmediato. Con el tiempo, la noción de una sentencia divina parecióme pueril o blasfematoria. Un dios, reflexioné, sólo debe decir una palabra y en esa palabra la plenitud. Ninguna voz articulada por él puede ser inferior al universo o menos que la suma del tiempo. Sombras o simulacros de esa voz que equivale a un lenguaje y a cuanto puede comprender un lenguaje son las ambiciones y pobres voces humanas, *todo*, *mundo*, *universo*.

Un día o una noche —entre mis días y mis noches, ¿qué diferencia cabe?— soñé que en el piso de la cárcel había un grano de arena. Volví a dormir, indiferente; soñé que despertaba y que había dos granos de arena. Volví a dormir; soñé que los granos de arena eran tres. Fueron, así, multiplicándose hasta colmar la cárcel y yo moría bajo ese hemisferio de arena. Comprendí que estaba soñando; con un vasto esfuerzo me desperté. El despertar fue inútil; la innumerable arena me sofocaba. Alguien me dijo: "No has despertado a la vigilia, sino a un sueño anterior. Ese sueño está dentro de otro, y así hasta lo infinito, que es el número de los granos de arena. El camino que habrás de desandar es interminable y morirás antes de haber despertado realmente".

Me sentí perdido. La arena me rompía la boca, pero grité: "Ni una arena soñada puede matarme ni hay sueños que estén dentro de sueños". Un resplandor me despertó. En la tiniebla superior se cernía un círculo de luz. Vi la cara y las manos del carcelero, la roldana, el cordel, la carne y los cántaros.

Un hombre se confunde, gradualmente, con la firma de su destino; un hombre es, a la larga, sus circunstancias. Más que un descifrador o un vengador, más que un sacerdote del dios, yo era un encarcelado. Del incansable laberinto de sueños yo regresé como a mi casa a la dura prisión. Bendije la humedad, bendije su tigre, bendije el agujero de luz, bendije mi viejo cuerpo doliente, bendije la tiniebla y la piedra.

Entonces ocurrió lo que no puedo olvidar ni comunicar. Ocurrió la unión con la divinidad, con el universo (no sé si estas palabras difieren). El éxtasis no repite sus símbolos; hay quien ha visto a Dios en un resplandor, hay quien lo ha percibido en una espada o en los círculos de una rosa. Yo vi una Rueda altísima, que no estaba delante de mis ojos, ni detrás, ni a los lados, sino en todas partes, a un tiempo. Esa Rueda estaba hecha de agua, pero también de fuego, y era (aunque se veía el borde) infinita. Entretejidas, la formaban todas las cosas que serán, que son y que fueron, y yo era una de las hebras de esa trama total, y Pedro de Alvarado, que me dio tormento, era otra. Ahí estaban las causas y los efectos y me bastaba ver esa Rueda para entenderlo todo, sin fin. ¡Oh dicha de entender, mayor que la de imaginar o la de sentir! Vi el universo y vi los íntimos designios del universo. Vi los orígenes que narra el Libro del Común. Vi las montañas que surgieron del agua, vi los primeros hombres de palo, vi las tinajas que se volvieron contra los hombres, vi los perros que les destrozaron las caras. Vi el dios sin cara que hay detrás de los dioses. Vi infinitos procesos que formaban una sola felicidad y, entendiéndolo todo, alcancé también a entender la escritura del tigre.

Es una fórmula de catorce palabras casuales (que parecen casuales) y me bastaría decirla en voz alta para ser todopoderoso. Me bastaría decirla para abolir esta cárcel de piedra, para que el día entrara en mi noche, para ser joven, para ser inmortal, para que el tigre destrozara a Alvarado, para sumir el santo cuchillo en pechos españoles, para reconstruir la pirámide, para reconstruir el imperio. Cuarenta sílabas, catorce palabras, y yo, Tzinacán, regiría las tierras que rigió Moctezuma. Pero yo sé que nunca diré esas palabras, porque ya no me acuerdo de Tzinacán.

Que muera conmigo el misterio que está escrito en los tigres. Quien ha entrevisto el universo, quien ha entrevisto los ardientes designios del universo, no puede pensar en un hombre, en sus triviales dichas o desventuras, aunque ese hombre sea él. Ese hombre *ha sido él* y ahora no le importa. Qué le importa la suerte de aquel otro, qué le importa la nación de aquel otro, si él, ahora es nadie. Por eso no pronuncio la fórmula, por eso dejo que me olviden los días, acostado en la oscuridad.

A Ema Risso Platero

Abenjacán el Bojarí,
muerto en su laberinto

...son comparables a la araña, que edifica una casa.

Alcorán, XXIX, 40

—Ésta —dijo Dunraven con un vasto ademán que no rehusaba las nubladas estrellas y que abarcaba el negro páramo, el mar y un edificio majestuoso y decrépito que parecía una caballeriza venida a menos— es la tierra de mis mayores.

Unwin, su compañero, se sacó la pipa de la boca y emitió sonidos modestos y aprobatorios. Era la primera tarde del verano de 1914; hartos de un mundo sin la dignidad del peligro, los amigos apreciaban la soledad de ese confín de Cornwall. Dunraven fomentaba una barba oscura y se sabía autor de una considerable epopeya que sus contemporáneos casi no podrían escandir y cuyo tema no le había sido aún revelado; Unwin había publicado un estudio sobre el teorema que Fermat no escribió al margen de una página de Diofanto. Ambos —¿será preciso que lo diga?— eran jóvenes, distraídos y apasionados.

—Hará un cuarto de siglo —dijo Dunraven— que Abenjacán el Bojarí, caudillo o rey de no sé qué tribu nilótica, murió en la cámara central de esa casa a manos de su primo Zaid. Al cabo de los años, las circunstancias de su muerte siguen oscuras.

Unwin preguntó por qué, dócilmente.

—Por diversas razones —fue la respuesta—. En primer lugar, esa casa es un laberinto. En segundo lugar, la vigilaban un esclavo y un león. En tercer lugar, se desvaneció un tesoro secreto. En cuarto lugar, el asesino estaba muerto cuando el asesinato ocurrió. En quinto lugar...

Unwin, cansado, lo detuvo.

—No multipliques los misterios —le dijo—. Éstos deben ser simples. Recuerda la carta robada de Poe, recuerda el cuarto cerrado de Zangwill.

—O complejos —replicó Dunraven—. Recuerda el universo.

Repechando colinas arenosas, habían llegado al laberinto. Éste, de cerca, les pareció una derecha y casi interminable pared, de ladrillos sin revocar, apenas más alta que un hombre. Dunraven dijo que tenía la forma de un círculo, pero tan dilatada era su área que no se percibía la curvatura. Unwin recordó a Nicolás de Cusa, para quien toda línea recta es el arco de un círculo infinito... Hacia la medianoche descubrieron una ruinosa puerta, que daba a un ciego y arriesgado zaguán. Dunraven dijo que en el interior de la casa había muchas encrucijadas, pero que, doblando siempre a la izquierda, llegarían en poco más de una hora al centro de la red. Unwin asintió. Los pasos cautelosos resonaron en el suelo de piedra; el corredor se bifurcó en otros más angostos. La casa parecía querer ahogarlos, el techo era muy bajo. Debieron avanzar uno tras otro por la complicada tiniebla. Unwin iba adelante. Entorpecido de asperezas y de ángulos, fluía sin fin contra su mano el invisible muro. Unwin, lento en la sombra, oyó de boca de su amigo la historia de la muerte de Abenjacán.

—Acaso el más antiguo de mis recuerdos —contó Dunraven— es el de Abenjacán el Bojarí en el puerto de Pentreath. Lo seguía un hombre negro con un león; sin duda el primer negro y el primer león que miraron mis ojos, fuera de los grabados de la Escritura. Entonces yo era niño, pero la fiera del color del sol y el hombre del color de la noche me impresionaron menos que Abenjacán. Me pareció muy alto; era un hombre de piel cetrina, de entrecerrados ojos negros, de insolente nariz, de carnosos labios, de barba azafranada, de pecho fuerte, de andar seguro y silencioso. En casa dije: "Ha venido un rey en un buque". Después, cuando trabajaron los albañiles, amplié ese título y le puse el Rey de Babel.

La noticia de que el forastero se fijaría en Pentreath fue recibida con agrado; la extensión y la forma de su casa, con estupor y aun con escándalo. Pareció intolerable que una casa constara de una sola habitación y de leguas y leguas de corredores. "Entre los moros se usarán tales casas, pero no entre cristianos", decía la gente. Nuestro rector, el señor Allaby, hombre de curiosa lectura, exhumó la historia de un rey a quien la Divinidad castigó por haber erigido un laberinto y la divulgó desde el púlpito. El lunes, Abenjacán visitó la rectoría; las circunstancias de la breve entrevista no se conocieron entonces, pero ningún sermón ulterior aludió a la soberbia, y el moro pudo contratar albañiles. Años después, cuando pereció Abenjacán, Allaby declaró a las autoridades la substancia del diálogo.

Abenjacán le dijo, de pie, estas o parecidas palabras: "Ya nadie puede censurar lo que yo hago. Las culpas que me infaman son tales que aunque yo repitiera durante siglos el Último Nombre de Dios, ello no bastaría a mitigar uno solo de mis tormentos; las culpas que me infaman son tales que aunque yo lo matara con estas manos, ello no agravaría los tormentos que me destina la infinita Justicia. En tierra alguna es desconocido mi nombre; soy Abenjacán el Bojarí y he regido las tribus del desierto con un cetro de hierro. Durante muchos años las despojé, con asistencia de mi primo Zaid, pero Dios oyó su clamor y sufrió que se rebelaran. Mis gentes fueron rotas y acuchilladas; yo alcancé a huir con el tesoro recaudado en mis años de expoliación. Zaid me guió al sepulcro de un santo, al pie de una montaña de piedra. Le ordené a mi esclavo que vigilara la cara del desierto; Zaid y yo dormimos, rendidos. Esa noche creí que me aprisionaba una red de serpientes. Desperté con horror; a mi lado, en el alba, dormía Zaid; el roce de una telaraña en mi carne me había hecho soñar aquel sueño. Me dolió que Zaid, que era cobarde, durmiera con tanto reposo. Consideré que el tesoro no era infinito y que él podía reclamar una parte. En mi cinto estaba la daga con empuñadura de plata; la desnudé y le atravesé la garganta. En su agonía balbuceó unas palabras que no pude entender. Lo miré; estaba muerto, pero yo temí que se levantara y le ordené al esclavo que le deshiciera la cara con una roca. Después erramos bajo el cielo y un día divisamos un mar. Lo surcaban buques muy altos; pensé que un muerto no podría andar por el agua y decidí buscar otras tierras. La primera noche que navegamos soñé que yo mataba a Zaid. Todo se repitió pero yo entendí sus palabras. Decía: 'Como ahora me borras te borraré, dondequiera que estés'. He jurado frustrar esa amenaza; me ocultaré en el centro de un laberinto para que su fantasma se pierda".

Dicho lo cual, se fue. Allaby trató de pensar que el moro estaba loco y que el absurdo laberinto era un símbolo y un claro testimonio de su locura. Luego reflexionó que esa explicación condecía con el extravagante edificio y con el extravagante relato, no con la enérgica impresión que dejaba el hombre Abenjacán. Quizá tales historias fueran comunes en los arenales egipcios, quizá tales rarezas correspondieran (como los dragones de Plinio) menos a una persona que a una cultura... Allaby, en Londres, revisó números atrasados del *Times*; comprobó la verdad de la rebelión y de una subsiguiente derrota del Bojarí y de su visir, que tenía fama de cobarde.

Aquél, apenas concluyeron los albañiles, se instaló en el centro del laberinto. No lo vieron más en el pueblo; a veces Allaby temió que Zaid ya lo hubiera alcanzado y aniquilado. En las noches el viento nos traía el rugido del león, y las ovejas del redil se apretaban con un antiguo miedo.

Solían anclar en la pequeña bahía, rumbo a Cardiff o a Bristol, naves de puertos orientales. El esclavo descendía del laberinto (que entonces, lo recuerdo, no era rosado, sino de color carmesí) y cambiaba palabras africanas con las tripulaciones y parecía buscar entre los hombres el fantasma del visir. Era fama que tales embarcaciones traían contrabando, y si de alcoholes o marfiles prohibidos, ¿por qué no, también, de sombras de muertos?

A los tres años de erigida la casa, ancló al pie de los cerros el *Rose of Sharon*. No fui de los que vieron ese velero y tal vez en la imagen que tengo de él influyen olvidadas litografías de Aboukir o de Trafalgar, pero entiendo que era de esos barcos muy trabajados que no parecen obra de naviero, sino de carpintero y menos de carpintero que de ebanista. Era (si no en la realidad, en mis sueños) bruñido, oscuro, silencioso y veloz, y lo tripulaban árabes y malayos.

Ancló en el alba de uno de los días de octubre. Hacia el atardecer, Abenjacán irrumpió en casa de Allaby. Lo dominaba la pasión del terror; apenas pudo articular que Zaid ya había entrado en el laberinto y que su esclavo y su león habían perecido. Seriamente preguntó si las autoridades podrían ampararlo. Antes que Allaby respondiera, se fue, como si lo arrebatara el mismo terror que lo había traído a esa casa, por segunda y última vez. Allaby, solo en su biblioteca, pensó con estupor que ese temeroso había oprimido en el Sudán a tribus de hierro y sabía qué cosa es una batalla y qué cosa es matar. Advirtió, al otro día, que ya había zarpado el velero (rumbo a Suakin en el Mar Rojo, se averiguó después). Reflexionó que su deber era comprobar la muerte del esclavo y se dirigió al laberinto. El jadeante relato del Bojarí le pareció fantástico, pero en un recodo de las galerías dio con el león, y el león estaba muerto, y en otro, con el esclavo, que estaba muerto, y en la cámara central con el Bojarí, a quien le habían destrozado la cara. A los pies del hombre había un arca taraceada de nácar; alguien había forzado la cerradura y no quedaba ni una sola moneda.

Los períodos finales, agravados de pausas oratorias, querían ser elocuentes; Unwin adivinó que Dunraven los había emitido muchas veces, con idéntico aplomo y con idéntica ineficacia. Preguntó, para simular interés:

—¿Cómo murieron el león y el esclavo?

La incorregible voz contestó con sombría satisfacción:

—También les habían destrozado la cara.

Al ruido de los pasos se agregó el ruido de la lluvia. Unwin pensó que tendrían que dormir en el laberinto, en la cámara central del relato, y que en el recuerdo esa larga incomodidad sería una aventura. Guardó silencio; Dunraven no pudo contenerse y le preguntó, como quien no perdona una deuda:

—¿No es inexplicable esta historia?

Unwin le respondió, como si pensara en voz alta:

—No sé si es explicable o inexplicable. Sé que es mentira.

Dunraven prorrumpió en malas palabras e invocó el testimonio del hijo mayor del rector (Allaby, parece, había muerto) y de todos los vecinos de Pentreath. No menos atónito que Dunraven, Unwin se disculpó. El tiempo, en la oscuridad, parecía más largo, los dos temieron haber extraviado el camino y estaban muy cansados cuando una tenue claridad superior les mostró los peldaños iniciales de una angosta escalera. Subieron y llegaron a una ruinosa habitación redonda. Dos signos perduraban del temor del malhadado rey: una estrecha ventana que dominaba los páramos y el mar y en el suelo una trampa que se abría sobre la curva de la escalera. La habitación, aunque espaciosa, tenía mucho de celda carcelaria.

Menos instados por la lluvia que por el afán de vivir para la rememoración y la anécdota, los amigos hicieron noche en el laberinto. El matemático durmió con tranquilidad; no así el poeta, acosado por versos que su razón juzgaba detestables:

Faceless the sultry and overpowering lion,
Faceless the stricken slave, faceless the king.

Unwin creía que no le había interesado la historia de la muerte del Bojarí, pero se despertó con la convicción de haberla descifrado. Todo aquel día estuvo preocupado y huraño, ajustando y reajustando las piezas, y dos noches después, citó a Dunraven en una cervecería de Londres y le dijo estas o parecidas palabras:

—En Cornwall dije que era mentira la historia que te oí. Los *hechos* eran ciertos, o podían serlo, pero contados como tú los contaste, eran, de un modo manifiesto, mentiras. Empezaré por la mayor mentira de todas, por el laberinto increíble. Un fugitivo no se oculta en un laberinto. No erige un laberinto sobre un alto lugar de la costa, un laberinto carmesí que avistan desde lejos los marineros. No precisa erigir un laberinto, cuando el universo ya lo es. Para quien verdaderamente quiere ocultarse, Londres es mejor laberinto que un mirador al que conducen todos los corredores de un edificio. La sabia reflexión que ahora te someto me fue deparada antenoche, mientras oíamos llover sobre el laberinto y esperábamos que el sueño nos visitara; amonestado y mejorado por ella, opté por olvidar tus absurdidades y pensar en algo sensato.

—En la teoría de los conjuntos, digamos, o en una cuarta dimensión del espacio —observó Dunraven.

—No —dijo Unwin con seriedad—. Pensé en el laberinto de Creta. El laberinto cuyo centro era un hombre con cabeza de toro.

Dunraven, versado en obras policiales, pensó que la solución del misterio siempre es inferior al misterio. El misterio participa de lo sobrenatural y aun de lo divino; la solución, del juego de manos. Dijo, para aplazar lo inevitable:

—Cabeza de toro tiene en medallas y esculturas el minotauro. Dante lo imaginó con cuerpo de toro y cabeza de hombre.

—También esa versión me conviene —Unwin asintió—. Lo que importa es la correspondencia de la casa monstruosa con el habitante monstruoso. El minotauro justifica con creces la existencia del laberinto. Nadie dirá lo mismo de una amenaza percibida en un sueño. Evocada la imagen del minotauro (evocación fatal en un caso en que hay un laberinto), el problema, virtualmente, estaba resuelto. Sin embargo, confieso que no entendí que esa antigua imagen era la clave y así fue necesario que tu relato me suministrara un símbolo más preciso: la telaraña.

—¿La telaraña? —repitió, perplejo, Dunraven.

—Sí. Nada me asombraría que la telaraña (la forma universal de la telaraña, entendamos bien, la telaraña de Platón) hubiera sugerido al asesino (porque hay un asesino) su crimen. Recordarás que el Bojarí, en una tumba, soñó con una red de serpientes y que al despertar descubrió que una telaraña le había sugerido aquel sueño. Volvamos a esa noche en que el Bojarí soñó con una red. El rey vencido y el visir y el esclavo huyen por el desierto con un tesoro. Se refugian en una tumba. Duerme el visir, de quien sabemos que es un cobarde; no duerme el rey, de quien sabemos que es un valiente. El rey, para no compartir el tesoro con el visir, lo mata de una cuchillada; su sombra lo amenaza en un sueño, noches después. Todo esto es increíble; yo entiendo que los hechos ocurrieron de otra manera. Esa noche durmió el rey, el valiente, y veló Zaid, el cobarde. Dormir es distraerse del universo, y la distracción es difícil para quien sabe que lo persiguen con espadas desnudas. Zaid, ávido, se inclinó sobre el sueño de su rey. Pensó en matarlo (quizá jugó con el puñal), pero no se atrevió. Llamó al esclavo, ocultaron parte del tesoro en la tumba, huyeron a Suakin y a Inglaterra. No para ocultarse del Bojarí, sino para atraerlo y matarlo construyó a la vista del mar el alto laberinto de muros rojos. Sabía que las naves llevarían a los puertos de Nubia la fama del hombre bermejo, del esclavo y del león, y que, tarde o temprano, el Bojarí lo vendría a buscar en su laberinto. En el último corredor de la red esperaba la trampa. El Bojarí lo despreciaba infinitamente; no se rebajaría a tomar la menor precaución. El día codiciado llegó; Abenjacán desembarcó en Inglaterra, caminó hasta la puerta del laberinto, barajó los ciegos corredores y ya había pisado, tal vez, los primeros peldaños cuando su visir lo mató, no sé si de un balazo, desde la trampa. El esclavo mataría al león y otro balazo mataría al esclavo. Luego Zaid deshizo las tres caras con una piedra. Tuvo que obrar así; un solo muerto con la cara deshecha hubiera sugerido un problema de identidad, pero la fiera, el negro y el rey formaban una serie y, dados los dos términos iniciales, todos postularían el último. No es raro que lo dominara el temor cuando habló con Allaby; acababa de ejecutar la horrible faena y se disponía a huir de Inglaterra para recuperar el tesoro.

Un silencio pensativo, o incrédulo, siguió a las palabras de Unwin. Dunraven pidió otro jarro de cerveza negra antes de opinar.

—Acepto —dijo— que mi Abenjacán sea Zaid. Tales metamorfosis, me dirás, son clásicos artificios del género, son verdaderas *convenciones* cuya observación exige el lector. Lo que me resisto a admitir es la conjetura de que una porción del tesoro quedara en el Sudán. Recuerda que Zaid huía del rey y de los enemigos del rey; más fácil es imaginarlo robándose todo el tesoro que demorándose a enterrar una parte. Quizá no se encontraron monedas porque no quedaban monedas; los albañiles habrían agotado un caudal que, a diferencia del oro rojo de los Nibelungos, no era infinito. Tendríamos así a Abenjacán atravesando el mar para reclamar un tesoro dilapidado.

—Dilapidado, no —dijo Unwin—. Invertido en armar en tierra de infieles una gran trampa circular de ladrillo destinada a apresarlo y aniquilarlo. Zaid, si tu conjetura es correcta, procedió urgido por el odio y por el temor y no por la codicia. Robó el tesoro y luego comprendió que el tesoro no era lo esencial para él. Lo esencial era que Abenjacán pereciera. Simuló ser Abenjacán, mató a Abenjacán y finalmente *fue Abenjacán*.

—Sí —confirmó Dunraven—. Fue un vagabundo que, antes de ser nadie en la muerte, recordaría haber sido un rey o haber fingido ser un rey, algún día.

Los dos reyes
y los dos laberintos[1]

---

1. Ésta es la historia que el rector divulgó desde el púlpito. Véase la página 157.

Cuentan los hombres dignos de fe (pero Alá sabe más) que en los primeros días hubo un rey de las islas de Babilonia que congregó a sus arquitectos y magos y les mandó construir un laberinto tan perplejo y sutil que los varones más prudentes no se aventuraban a entrar, y los que entraban se perdían. Esa obra era un escándalo, porque la confusión y la maravilla son operaciones propias de Dios y no de los hombres. Con el andar del tiempo vino a su corte un rey de los árabes, y el rey de Babilonia (para hacer burla de la simplicidad de su huésped) lo hizo penetrar en el laberinto, donde vagó afrentado y confundido hasta la declinación de la tarde. Entonces imploró socorro divino y dio con la puerta. Sus labios no profirieron queja ninguna, pero le dijo al rey de Babilonia que él en Arabia tenía otro laberinto y que, si Dios era servido, se lo daría a conocer algún día. Luego regresó a Arabia, juntó sus capitanes y sus alcaides y estragó los reinos de Babilonia con tan venturosa fortuna que derribó sus castillos, rompió sus gentes e hizo cautivo al mismo rey. Lo amarró encima de un camello veloz y lo llevó al desierto. Cabalgaron tres días, y le dijo: "¡Oh, rey del tiempo y substancia y cifra del siglo!, en Babilonia me quisiste perder en un laberinto de bronce con muchas escaleras, puertas y muros; ahora el Poderoso ha tenido a bien que te muestre el mío, donde no hay escaleras que subir, ni puertas que forzar, ni fatigosas galerías que recorrer, ni muros que te veden el paso".

Luego le desató las ligaduras y lo abandonó en mitad del desierto, donde murió de hambre y de sed. La gloria sea con Aquel que no muere.

La espera

El coche lo dejó en el 4004 de esa calle del Noroeste. No había dado las nueve de la mañana; el hombre notó con aprobación los manchados plátanos, el cuadrado de tierra al pie de cada uno, las decentes casas de balconcito, la farmacia contigua, los desvaídos rombos de la pinturería y ferretería. Un largo y ciego paredón de hospital cerraba la acera de enfrente; el sol reverberaba, más lejos, en unos invernáculos. El hombre pensó que esas cosas (ahora arbitrarias y casuales y en cualquier orden, como las que se ven en los sueños) serían con el tiempo, si Dios quisiera, invariables, necesarias y familiares. En la vidriera de la farmacia se leía en letras de loza: Breslauer; los judíos estaban desplazando a los italianos, que habían desplazado a los criollos. Mejor así; el hombre prefería no alternar con gente de su sangre.

El cochero le ayudó a bajar el baúl; una mujer de aire distraído o cansado abrió por fin la puerta. Desde el pescante el cochero le devolvió una de las monedas, un vintén oriental que estaba en su bolsillo desde esa noche en el hotel de Melo. El hombre le entregó cuarenta centavos, y en el acto sintió: *Tengo la obligación de obrar de manera que todos se olviden de mí. He cometido dos errores: he dado una moneda de otro país y he dejado ver que me importa esa equivocación.*

Precedido por la mujer, atravesó el zaguán y el primer patio. La pieza que le habían reservado daba, felizmente, al segundo. La cama era de hierro, que el artífice había deformado en curvas fantásticas, figurando ramas y pámpanos; había, asimismo, un alto ropero de pino, una mesa de luz, un estante con libros a ras del suelo, dos sillas desparejas y un lavatorio con su palangana, su jarra, su jabonera y un botellón de vidrio turbio. Un mapa de la provincia de Buenos Aires y un crucifijo adornaban las paredes; el papel era carmesí, con grandes pavos reales repetidos, de cola desplegada. La única puerta daba al patio. Fue necesario variar la colocación de las sillas para dar cabida al baúl. Todo lo aprobó el inquilino; cuando la mujer le preguntó cómo se llamaba, dijo Villari, no como un desafío secreto, no para mitigar una humillación que, en verdad, no sentía, sino porque ese nombre lo trabajaba, porque le fue imposible pensar en otro. No lo sedujo, ciertamente, el error literario de imaginar que asumir el nombre del enemigo podía ser una astucia.

El señor Villari, al principio, no dejaba la casa; cumplidas unas cuantas semanas, dio en salir, un rato, al oscurecer. Alguna noche entró en el cinematógrafo que había a las tres cuadras. No pasó nunca de la última fila; siempre se levantaba un poco antes del fin de la función. Vio trágicas historias del hampa; éstas, sin duda, incluían errores; éstas sin duda, incluían imagenes que también lo eran de su vida anterior; Villari no los advirtió porque la idea de una coincidencia entre el arte y la realidad era ajena a él. Dócilmente trataba de que le gustaran las cosas; quería adelantarse a la intención con que se las mostraban. A diferencia de quienes han leído novelas, no se veía nunca a sí mismo como un personaje del arte.

No le llegó jamás una carta, ni siquiera una circular, pero leía con borrosa esperanza una de las secciones del diario. De tarde, arrimaba a la puerta una de las sillas y mateaba con seriedad, puestos los ojos en la enredadera del muro de la inmediata casa de altos. Años de soledad le habían enseñado que los días, en la memoria, tienden a ser iguales, pero que no hay un día, ni siquiera de cárcel o de hospital, que no traiga sorpresas. En otras reclusiones había cedido a la tentación de contar los días y las horas, pero esta reclusión era distinta, porque no tenía término —salvo que el diario, una mañana trajera la noticia de la muerte de Alejandro Villari. También era posible que Villari *ya hubiera muerto* y entonces esta vida era un sueño. Esa posibilidad lo inquietaba, porque no acabó de entender si se parecía al alivio o a la desdicha; se dijo que era absurda y la rechazó. En días lejanos, menos lejanos por el curso del tiempo que por dos o tres hechos irrevocables, había deseado muchas cosas, con amor sin escrúpulo; esa voluntad poderosa, que había movido el odio de los hombres y el amor de alguna mujer, ya no quería cosas particulares: sólo quería perdurar, no concluir. El sabor de la yerba, el sabor del tabaco negro, el creciente filo de sombra que iba ganando el patio, eran suficientes estímulos.

Había en la casa un perro lobo, ya viejo. Villari se amistó con él. Le hablaba en español, en italiano y en las pocas palabras que le quedaban del rústico dialecto de su niñez. Villari trataba de vivir en el mero presente, sin recuerdos ni previsiones; los primeros le importaban menos que las últimas. Oscuramente creyó intuir que el pasado es la sustancia de que el tiempo está hecho; por ello es que éste se vuelve pasado en seguida. Su fatiga, algún día, se pareció a la felicidad; en momentos así, no era mucho más complejo que el perro.

Una noche lo dejó asombrado y temblando una íntima descarga de dolor en el fondo de la boca. Ese horrible milagro recurrió a los pocos minutos y otra vez hacia el alba. Villari, al día siguiente, mandó buscar un coche que lo dejó en un consultorio dental del barrio del Once. Ahí le arrancaron la muela. En ese trance no estuvo más cobarde ni más tranquilo que otras personas.

Otra noche, al volver del cinematógrafo, sintió que lo empujaban. Con ira, con indignación, con secreto alivio, se encaró con el insolente. Le escupió una injuria soez; el otro, atónito, balbuceó una disculpa. Era un hombre alto, joven, de pelo oscuro, y lo acompañaba una mujer de tipo alemán; Villari, esa noche, se repitió que no los conocía. Sin embargo, cuatro o cinco días pasaron antes que saliera a la calle.

Entre los libros del estante había una *Divina Comedia*, con el viejo comentario de Andreoli. Menos urgido por la curiosidad que por un sentimiento de deber, Villari acometió la lectura de esa obra capital; antes de comer, leía un canto, y luego, en orden riguroso, las notas. No juzgó inverosímiles o excesivas las penas infernales y no pensó que Dante lo hubiera condenado al último círculo, donde los dientes de Ugolino roen sin fin la nuca de Ruggieri.

Los pavos reales del papel carmesí parecían destinados a alimentar pesadillas tenaces, pero el señor Villari no soñó nunca con una glorieta monstruosa hecha de inextricables pájaros vivos. En los amaneceres soñaba un sueño de fondo igual y de circunstancias variables. Dos hombres y Villari entraban con revólveres en la pieza o lo agredían al salir del cinematógrafo o eran, los tres a un tiempo, el desconocido que lo había empujado, o lo esperaban tristemente en el patio y parecían no conocerlo. Al fin del sueño, él sacaba el revólver del cajón de la inmediata mesa de luz (y es verdad que en ese cajón guardaba un revólver) y lo descargaba contra los hombres. El estruendo del arma lo despertaba, pero siempre era un sueño y en otro sueño el ataque se repetía y en otro sueño tenía que volver a matarlos.

Una turbia mañana del mes de julio, la presencia de gente desconocida (no el ruido de la puerta cuando la abrieron) lo despertó. Altos en la penumbra del cuarto, curiosamente simplificados por la penumbra (siempre en los sueños del temor habían sido más claros), vigilantes, inmóviles y pacientes, bajos los ojos como si el peso de las armas los encorvara, Alejandro Villari y un desconocido lo habían alcanzado, por fin. Con una seña les pidió que esperaran y se dio vuelta contra la pared, como si retomara el sueño. ¿Lo hizo para despertar la misericordia de quienes lo mataron, o porque es menos duro sobrellevar un acontecimiento espantoso que imaginarlo y aguardarlo sin fin, o —y esto es quizá lo más verosímil— para que los asesinos fueran un sueño, como ya lo habían sido tantas veces, en el mismo lugar, a la misma hora?

En esa magia estaba cuando lo borró la descarga.

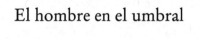

El hombre en el umbral

Bioy Casares trajo de Londres un curioso puñal de hoja triangular y empuñadura en forma de H; nuestro amigo Christopher Dewey, del Consejo Británico, dijo que tales armas eran de uso común en el Indostán. Ese dictamen lo alentó a mencionar que había trabajado en aquel país, entre las dos guerras. (*Ultra Auroram et Gangen*, recuerdo que dijo en latín, equivocando un verso de Juvenal.) De las historias que esa noche contó, me atrevo a reconstruir la que sigue. Mi texto será fiel: líbreme Alá de la tentación de añadir breves rasgos circunstanciales o de agravar, con interpolaciones de Kipling, el cariz exótico del relato. Éste, por lo demás, tiene un antiguo y simple sabor que sería una lástima perder, acaso el de *Las mil y una noches*.

"La exacta geografía de los hechos que voy a referir importa muy poco. Además, ¿qué precisión guardan en Buenos Aires los nombres de Amritsar o de Udh? Básteme, pues, decir que en aquellos años hubo disturbios en una ciudad musulmana y que el gobierno central envió a un hombre fuerte para imponer el orden. Ese hombre era escocés, de un ilustre clan de guerreros, y en la sangre llevaba una tradición de violencia. Una sola vez lo vieron mis ojos, pero no olvidaré el cabello muy negro, los pómulos salientes, la ávida nariz y la boca, los anchos hombros, la fuerte osatura de viking. David Alexander Glencairn se llamará esta noche en mi historia; los dos nombres convienen, porque fueron de reyes que gobernaron con un cetro de hierro. David Alexander Glencairn (me tendré que habituar a llamarlo así) era, lo sospecho, un hombre temido; el mero anuncio de su advenimiento bastó para apaciguar la ciudad. Ello no impidió que decretara diversas medidas enérgicas. Unos años pasaron. La ciudad y el distrito estaban en paz: sikhs y musulmanes habían depuesto las antiguas discordias y de pronto Glencairn desapareció. Naturalmente, no faltaron rumores de que lo habían secuestrado o matado.

Estas cosas las supe por mi jefe, porque la censura era rígida y los diarios no comentaron (ni siquiera registraron, que yo recuerde) la desaparición de Glencairn. Un refrán dice que la India es más grande que el mundo; Glencairn, tal vez omnipotente en la ciudad que una firma al pie de un decreto le destinó, era una mera cifra en los engranajes de la administración del Imperio. Las pesquisas de la policía local fueron del todo vanas; mi jefe pensó que un particular podría infundir menos recelo y alcanzar mejor éxito. Tres o cuatro días después (las distancias en la India son generosas) yo fatigaba sin mayor esperanza las calles de la opaca ciudad que había escamoteado a un hombre.

Sentí, casi inmediatamente, la infinita presencia de una conjuración para ocultar la suerte de Glencairn. *No hay un alma en esta ciudad* (pude sospechar) *que no sepa el secreto y que no haya jurado guardarlo.* Los más, interrogados, profesaban una ilimitada ignorancia; no sabían quién era Glencairn, no lo habían visto nunca, jamás oyeron hablar de él. Otros, en cambio, lo habían divisado hace un cuarto de hora hablando con Fulano de Tal, y hasta me acompañaban a la casa en que entraron los dos, y en la que nada sabían de ellos, o que acababan de dejar en ese momento. A alguno de esos mentirosos precisos le di con el puño en la cara. Los testigos aprobaron mi desahogo, y fabricaron otras mentiras. No las creí, pero no me atreví a desoírlas. Una tarde me dejaron un sobre con una tira de papel en la que había unas señas...

El sol había declinado cuando llegué. El barrio era popular y humilde; la casa era muy baja; desde la acera entreví una sucesión de patios de tierra y hacia el fondo una claridad. En el último patio se celebraba no sé qué fiesta musulmana; un ciego entró con un laúd de madera rojiza.

A mis pies, inmóvil como una cosa, se acurrucaba en el umbral un hombre muy viejo. Diré cómo era, porque es parte esencial de la historia. Los muchos años lo habían reducido y pulido como las aguas a una piedra o las generaciones de los hombres a una sentencia. Largos harapos lo cubrían, o así me pareció, y el turbante que le rodeaba la cabeza era un jirón más. En el crepúsculo, alzó hacia mí una cara oscura y una barba muy blanca. Le hablé sin preámbulos, porque ya había perdido toda esperanza, de David Alexander Glencairn. No me entendió (tal vez no me oyó) y hube de explicar que era un juez y que yo lo buscaba. Sentí, al decir estas palabras, lo irrisorio de interrogar a aquel hombre antiguo, para quien el presente era apenas un indefinido rumor. *Nuevas de la Rebelión o de Akbar podría dar este hombre* (pensé) *pero no de Glencairn*. Lo que me dijo confirmó esta sospecha.

—¡Un juez! —articuló con débil asombro—. Un juez que se ha perdido y lo buscan. El hecho aconteció cuando yo era niño. No sé de fechas, pero no había muerto aún Nikal Seyn (Nicholson) ante la muralla de Delhi. El tiempo que se fue queda en la memoria; sin duda soy capaz de recuperar lo que entonces pasó. Dios había permitido, en su cólera, que la gente se corrompiera; llenas de maldición estaban las bocas y de engaños y fraude. Sin embargo, no todos eran perversos, y cuando se pregonó que la reina iba a mandar un hombre que ejecutaría en este país la ley de Inglaterra, los menos malos se alegraron, porque sintieron que la ley es mejor que el desorden. Llegó el cristiano y no tardó en prevaricar y oprimir, en paliar delitos abominables y en vender decisiones. No lo culpamos, al principio; la justicia inglesa que administraba no era conocida de nadie y los aparentes atropellos del nuevo juez correspondían acaso a válidas y arcanas razones. *Todo tendrá justificación en su libro*, queríamos pensar, pero su afinidad con todos los malos jueces del mundo era demasiado notoria, y al fin hubimos de admitir que era simplemente un malvado. Llegó a ser un tirano y la pobre gente (para vengarse de la errónea esperanza que alguna vez pusieron en él) dio en jugar con la idea de secuestrarlo y someterlo a juicio. Hablar no basta; de los designios tuvieron que pasar a las obras. Nadie, quizá, fuera de los muy simples o de los muy jóvenes, creyó que ese propósito temerario podría llevarse a cabo, pero miles de *sikhs* y de musulmanes cumplieron su palabra y un día ejecutaron, incrédulos, lo que a cada uno de ellos había parecido imposible. Secuestraron al juez y le dieron por cárcel una alquería en un apartado arrabal.

Después, apalabraron a los sujetos agraviados por él, o (en algún caso) a los huérfanos y a las viudas, porque la espada del verdugo no había descansado en aquellos años. Por fin —esto fue quizá lo más arduo— buscaron y nombraron un juez para juzgar al juez.

Aquí lo interrumpieron unas mujeres que entraban en la casa.

Luego prosiguió, lentamente:

—Es fama que no hay generación que no incluya cuatro hombres rectos que secretamente apuntalan el universo y lo justifican ante el Señor: uno de esos varones hubiera sido el juez más cabal. ¿Pero dónde encontrarlos, si andan perdidos por el mundo y anónimos y no se reconocen cuando se ven y ni ellos mismos saben el alto ministerio que cumplen? Alguien entonces discurrió que si el destino nos vedaba los sabios, había que buscar a los insensatos. Esta opinión prevaleció. Alcoranistas, doctores de la ley, *sikhs* que llevan el nombre de leones y que adoran a un Dios, hindúes que adoran muchedumbres de dioses, monjes de Mahavira que enseñan que la forma del universo es la de un hombre con las piernas abiertas, adoradores del fuego y judíos negros, integraron el tribunal, pero el último fallo fue encomendado al arbitrio de un loco.

Aquí lo interrumpieron unas personas que se iban de la fiesta.

—De un loco —repitió— para que la sabiduría de Dios hablara por su boca y avergonzara las soberbias humanas. Su nombre se ha perdido o nunca se supo, pero andaba desnudo por estas calles, o cubierto de harapos, contándose los dedos con el pulgar y haciendo mofa de los árboles.

Mi buen sentido se rebeló. Dije que entregar a un loco la decisión era invalidar el proceso.

—El acusado aceptó al juez —fue la contestación—. Acaso comprendió que dado el peligro que los conjurados corrían si lo dejaban en libertad, sólo de un loco podía no esperar sentencia de muerte. He oído que se rió cuando le dijeron quién era el juez. Muchos días y noches duró el proceso, por lo crecido del número de testigos.

Se calló. Una preocupación lo trabajaba. Por decir algo, pregunté cuántos días.

—Por lo menos, diecinueve —replicó. Gente que se iba de la fiesta lo volvió a interrumpir; el vino está vedado a los musulmanes, pero las caras y las voces parecían de borrachos. Uno le gritó algo, al pasar.

—Diecinueve días, precisamente —rectificó—. El perro infiel oyó la sentencia, y el cuchillo se cebó en su garganta.

Hablaba con alegre ferocidad. Con otra voz dio fin a la historia:

—Murió sin miedo; en los más viles hay alguna virtud.

—¿Dónde ocurrió lo que has contado? —le pregunté—. ¿En una alquería?

Por primera vez me miró en los ojos. Luego aclaró con lentitud, midiendo las palabras:

—Dije que en una alquería le dieron cárcel, no que lo juzgaron ahí. En esta ciudad lo juzgaron: en una casa como todas, como ésta. Una casa no puede diferir de otra: lo que importa es saber si está edificada en el infierno o en el cielo.

Le pregunté por el destino de los conjurados.

—No sé —me dijo con paciencia—. Estas cosas ocurrieron y se olvidaron hace ya muchos años. Quizá los condenaron los hombres, pero no Dios.

Dicho lo cual, se levantó. Sentí que sus palabras me despedían y que yo había cesado para él, desde aquel momento. Una turba hecha de hombres y mujeres de todas las naciones del Punjab se desbordó, rezando y cantando, sobre nosotros y casi nos barrió: me azoró que de patios tan angostos, que eran poco más que largos zaguanes, pudiera salir tanta gente. Otros salían de las casas del vecindario: sin duda habían saltado las tapias... A fuerza de empujones e imprecaciones me abrí camino. En el último patio me crucé con un hombre desnudo, coronado de flores amarillas, a quien todos besaban y agasajaban, y con una espada en la mano. La espada estaba sucia, porque había dado muerte a Glencairn, cuyo cadáver mutilado encontré en las caballerizas del fondo.

El Aleph

O God!, I could be bounded in a nutshell, and count myself a King of infinite space.

Hamlet, II, 2

But they will teach us that Eternity is the Standing still of the Present Time, a *Nunc-stans* (as the Schools call it); which neither they, nor any else understand, no more than they would a *Hic-stans* for an Infinite greatness of Place.

Leviathan, IV, 46

La candente mañana de febrero en que Beatriz Viterbo murió, después de una imperiosa agonía que no se rebajó un solo instante ni al sentimentalismo ni al miedo, noté que las carteleras de fierro de la Plaza Constitución habían renovado no sé qué aviso de cigarrillos rubios; el hecho me dolió, pues comprendí que el incesante y vasto universo ya se apartaba de ella y que ese cambio era el primero de una serie infinita. Cambiará el universo pero yo no, pensé con melancólica vanidad; alguna vez, lo sé, mi vana devoción la había exasperado; muerta yo podía consagrarme a su memoria, sin esperanza, pero también sin humillación. Consideré que el 30 de abril era su cumpleaños; visitar ese día la casa de la calle Garay para saludar a su padre y a Carlos Argentino Daneri, su primo hermano, era un acto cortés, irreprochable, tal vez ineludible. De nuevo aguardaría en el crepúsculo de la abarrotada salita, de nuevo estudiaría las circunstancias de sus muchos retratos. Beatriz Viterbo, de perfil, en colores; Beatriz, con antifaz, en los carnavales de 1921; la primera comunión de Beatriz; Beatriz, el día de su boda con Roberto Alessandri; Beatriz, poco después del divorcio, en un almuerzo del Club Hípico; Beatriz, en Quilmes, con Delia San Marco Porcel y Carlos Argentino; Beatriz, con el pekinés que le regaló Villegas Haedo; Beatriz, de frente y de tres cuartos, sonriendo, la mano en el mentón... No estaría obligado, como otras veces, a justificar mi presencia con módicas ofrendas de libros: libros cuyas páginas, finalmente, aprendí a cortar, para no comprobar, meses después, que estaban intactos.

Beatriz Viterbo murió en 1929; desde entonces, no dejé pasar un 30 de abril sin volver a su casa. Yo solía llegar a las siete y cuarto y quedarme unos veinticinco minutos; cada año aparecía un poco más tarde y me quedaba un rato más; en 1933, una lluvia torrencial me favoreció: tuvieron que invitarme a comer. No desperdicié, como es natural, ese buen precedente; en 1934, aparecí, ya dadas las ocho, con un alfajor santafecino; con toda naturalidad me quedé a comer. Así, en aniversarios melancólicos y vanamente eróticos, recibí las graduales confidencias de Carlos Argentino Daneri.

Beatriz era alta, frágil, muy ligeramente inclinada; había en su andar (si el oxímoron es tolerable) una como graciosa torpeza, un principio de éxtasis; Carlos Argentino es rosado, considerable, canoso, de rasgos finos. Ejerce no sé qué cargo subalterno en una biblioteca ilegible de los arrabales del Sur; es autoritario, pero también es ineficaz; aprovechaba, hasta hace muy poco, las noches y las fiestas para no salir de su casa. A dos generaciones de distancia, la ese italiana y la copiosa gesticulación italiana sobreviven en él. Su actividad mental es continua, apasionada, versátil y del todo insignificante. Abunda en inservibles analogías y en ociosos escrúpulos. Tiene (como Beatriz) grandes y afiladas manos hermosas. Durante algunos meses padeció la obsesión de Paul Fort, menos por sus baladas que por la idea de una gloria intachable. "Es el Príncipe de los poetas de Francia", repetía con fatuidad. "En vano te revolverás contra él; no lo alcanzará, no, la más inficionada de tus saetas."

El 30 de abril de 1941 me permití agregar al alfajor una botella de coñac del país. Carlos Argentino lo probó, lo juzgó interesante y emprendió, al cabo de unas copas, una vindicación del hombre moderno.

—Lo evoco —dijo con una animación algo inexplicable— en su gabinete de estudio, como si dijéramos en la torre albarrana de una ciudad, provisto de teléfonos, de telégrafos, de fonógrafos, de aparatos de radiotelefonía, de cinematógrafos, de linternas mágicas, de glosarios, de horarios, de prontuarios, de boletines...

Observó que para un hombre así facultado el acto de viajar era inútil; nuestro siglo xx había transformado la fábula de Mahoma y de la montaña; las montañas, ahora, convergían sobre el moderno Mahoma.

Tan ineptas me parecieron esas ideas, tan pomposa y tan vasta su exposición, que las relacioné inmediatamente con la literatura; le dije que por qué no las escribía. Previsiblemente respondió que ya lo había hecho: esos conceptos, y otros no menos novedosos, figuraban en el Canto Augural, Canto Prologal o simplemente Canto-Prólogo de un poema en el que trabajaba hacía muchos años, sin *réclame*, sin bullanga ensordecedora, siempre apoyado en esos dos báculos que se llaman el trabajo y la soledad. Primero abría las compuertas a la imaginación; luego hacía uso de la lima. El poema se titulaba *La Tierra*; tratábase de una descripción del planeta, en la que no faltaban, por cierto, la pintoresca digresión y el gallardo apóstrofe.

Le rogué que me leyera un pasaje, aunque fuera breve. Abrió un cajón del escritorio, sacó un alto legajo de ho-

jas de block estampadas con el membrete de la Biblioteca
Juan Crisóstomo Lafinur y leyó con sonora satisfacción.

He visto, como el griego, las urbes de los hombres,
Los trabajos, los días de varia luz, el hambre;
No corrijo los hechos, no falseo los nombres,
Pero el voyage *que narro, es...* autour de ma chambre.

—Estrofa a todas luces interesante —dictaminó—. El
primer verso granjea el aplauso del catedrático, del acadé-
mico, del helenista, cuando no de los eruditos a la violeta,
sector considerable de la opinión; el segundo pasa de Homero a Hesíodo (todo un implícito homenaje, en el fron-
tis del flamante edificio, al padre de la poesía didáctica),
no sin remozar un procedimiento cuyo abolengo está en
la Escritura, la enumeración, congerie o conglobación; el
tercero —¿barroquismo, decadentismo, culto depurado y
fanático de la forma?— consta de dos hemistiquios geme-
los; el cuarto, francamente bilingüe, me asegura el apoyo
incondicional de todo espíritu sensible a los desenfadados
envites de la facecia. Nada diré de la rima rara ni de la
ilustración que me permite ¡sin pedantismo! acumular en
cuatro versos tres alusiones eruditas que abarcan treinta
siglos de apretada literatura: la primera a la *Odisea*, la segunda a los *Trabajos y días*, la tercera a la bagatela inmortal que nos depararan los ocios de la pluma del saboya-
no... Comprendo una vez más que el arte moderno exige
el bálsamo de la risa, el *scherzo*. ¡Decididamente, tiene la
palabra Goldoni!

Otras muchas estrofas me leyó que también obtuvie-
ron su aprobación y su comentario profuso. Nada memo-

rable había en ellas; ni siquiera las juzgué mucho peores que la anterior. En su escritura habían colaborado la aplicación, la resignación y el azar; las virtudes que Daneri les atribuía eran posteriores. Comprendí que el trabajo del poeta no estaba en la poesía; estaba en la invención de razones para que la poesía fuera admirable; naturalmente, ese ulterior trabajo modificaba la obra para él, pero no para otros. La dicción oral de Daneri era extravagante; su torpeza métrica le vedó, salvo contadas veces, trasmitir esa extravagancia al poema.[1]

Una sola vez en mi vida he tenido ocasión de examinar los quince mil dodecasílabos del *Polyolbion*, esa epopeya topográfica en la que Michael Drayton registró la fauna, la flora, la hidrografía, la orografía, la historia militar y monástica de Inglaterra; estoy seguro de que ese producto considerable, pero limitado es menos tedioso que la vasta empresa congénere de Carlos Argentino. Éste se proponía versificar toda la redondez del planeta; en 1941 ya había despachado unas hectáreas del Estado de Queensland, más de un kilómetro del curso del Ob, un gasómetro al norte de Veracruz, las principales casas de comercio de la parroquia de la Concepción, la quinta de Mariana Cambaceres de Alvear en la calle Once de Setiembre, en Belgrano, y un establecimiento de baños

---

1. Recuerdo, sin embargo, estas líneas de una sátira en que fustigó con rigor a los malos poetas:

> *Aqueste da al poema belicosa armadura*
> *De erudición; estotro le da pompas y galas.*
> *Ambos baten en vano las ridículas alas*
> *¡Olvidaron, cuitados, el factor HERMOSURA!*

Sólo el temor de crearse un ejército de enemigos implacables y poderosos lo disuadió (me dijo) de publicar sin miedo el poema.

turcos no lejos del acreditado acuario de Brighton. Me leyó ciertos laboriosos pasajes de la zona australiana de su poema; esos largos e informes alejandrinos carecían de la relativa agitación del prefacio. Copio una estrofa:

Sepan. A manderecha del poste rutinario
(Viniendo, claro está, desde el Nornoroeste)
Se aburre una osamenta —¿Color? Blanquiceleste—
Que da al corral de ovejas catadura de osario.

—¡Dos audacias —gritó con exultación— rescatadas, te oigo mascullar, por el éxito! Lo admito, lo admito. Una, el epíteto rutinario, que certeramente denuncia, *en passant*, el inevitable tedio inherente a las faenas pastoriles y agrícolas, tedio que ni las *Geórgicas* ni nuestro ya laureado *Don Segundo* se atrevieron jamás a denunciar así, al rojo vivo. Otra, el enérgico prosaísmo *se aburre una osamenta*, que el melindroso querrá excomulgar con horror pero que apreciará más que su vida el crítico de gusto viril. Todo el verso, por lo demás, es de muy subidos quilates. El segundo hemistiquio entabla animadísima charla con el lector; se adelanta a su viva curiosidad, le pone una pregunta en la boca y la satisface... al instante. ¿Y qué me dices de ese hallazgo, *blanquiceleste*? El pintoresco neologismo *sugiere* el cielo, que es un factor importantísimo del paisaje australiano. Sin esa evocación resultarían demasiado sombrías las tintas del boceto y el lector se vería compelido a cerrar el volumen, herida en lo más íntimo el alma de incurable y negra melancolía.

Hacia la medianoche me despedí.

Dos domingos después, Daneri me llamó por teléfono, entiendo que por primera vez en la vida. Me propuso que nos reuniéramos a las cuatro, "para tomar juntos la leche, en el contiguo salón-bar que el progresismo de Zunino y de Zungri —los propietarios de mi casa, recordarás— inaugura en la esquina; confitería que te importará conocer". Acepté, con más resignación que entusiasmo. Nos fue difícil encontrar mesa; el "salón-bar", inexorablemente moderno, era apenas un poco menos atroz que mis previsiones; en las mesas vecinas, el excitado público mencionaba las sumas invertidas sin regatear por Zunino y por Zungri. Carlos Argentino fingió asombrarse de no sé qué primores de la instalación de la luz (que, sin duda, ya conocía) y me dijo con cierta severidad:

—Mal de tu grado habrás de reconocer que este local se parangona con los más encopetados de Flores.

Me releyó, después, cuatro o cinco páginas del poema. Las había corregido según un depravado principio de ostentación verbal: donde antes escribió *azulado*, ahora abundaba en *azulino*, *azulenco* y hasta *azulillo*. La palabra *lechoso* no era bastante fea para él; en la impetuosa descripción de un lavadero de lanas, prefería *lactario*, *lacticinoso*, *lactescente*, *lechal*... Denostó con amargura a los críticos; luego, más benigno, los equiparó a esas personas, "que no disponen de metales preciosos ni tampoco de prensas de vapor, laminadores y ácidos sulfúricos para la acuñación de tesoros, pero que pueden *indicar* a los *otros el sitio* de un tesoro". Acto continuo censuró la *prologomanía*, "de la que ya hizo mofa, en la donosa prefación del Quijote, el Príncipe de los Ingenios". Admitió, sin embargo, que en la portada de la nueva obra convenía el prólogo vistoso, el espaldarazo firmado por el plumífero de garra, de fuste. Agregó que pensaba publicar los cantos iniciales de su poema. Comprendí, entonces, la singular invitación telefónica; el hombre iba a pedirme que prologara su pedantesco fárrago. Mi temor resultó infundado: Carlos Argentino observó, con admiración rencorosa, que no creía errar el epíteto al calificar de sólido el prestigio logrado en todos los círculos por Álvaro Melián Lafinur, hombre de letras, que, si yo me empeñaba, prologaría con embeleso el poema. Para evitar el más imperdonable de los fracasos, yo tenía que hacerme portavoz de dos méritos inconcusos: la perfección formal y el rigor científico, "porque ese dilatado jardín de tropos, de figuras, de galanuras, no tolera un solo detalle que no confirme la severa verdad". Agregó que Beatriz siempre se había distraído con Álvaro.

Asentí, profusamente asentí. Aclaré, para mayor verosimilitud, que no hablaría el lunes con Álvaro, sino el jueves: en la pequeña cena que suele coronar toda reunión del Club de Escritores. (No hay tales cenas, pero es irrefutable que las reuniones tienen lugar los jueves, hecho que Carlos Argentino Daneri podía comprobar en los diarios y que dotaba de cierta realidad a la frase.) Dije, entre adivinatorio y sagaz, que antes de abordar el tema del prólogo, describiría el curioso plan de la obra. Nos despedimos; al doblar por Bernardo de Irigoyen, encaré con toda imparcialidad los porvenires que me quedaban: a) hablar con Álvaro y decirle que el primo hermano aquel de Beatriz (ese eufemismo explicativo me permitiría nombrarla) había elaborado un poema que parecía dilatar hasta lo infinito las posibilidades de la cacofonía y del caos; b) no hablar con Álvaro. Preví, lúcidamente, que mi desidia optaría por b.

A partir del viernes a primera hora, empezó a inquietarme el teléfono. Me indignaba que ese instrumento, que algún día produjo la irrecuperable voz de Beatriz, pudiera rebajarse a receptáculo de las inútiles y quizá coléricas quejas de ese engañado Carlos Argentino Daneri. Felizmente, nada ocurrió —salvo el rencor inevitable que me inspiró aquel hombre que me había impuesto una delicada gestión y luego me olvidaba.

El teléfono perdió sus terrores, pero a fines de octubre, Carlos Argentino me habló. Estaba agitadísimo; no identifiqué su voz, al principio. Con tristeza y con ira balbuceó que esos ya ilimitados Zunino y Zungri, so pretexto de ampliar su desaforada confitería, iban a demoler su casa.

—¡La casa de mis padres, mi casa, la vieja casa inveterada de la calle Garay! —repitió, quizá olvidando su pesar en la melodía.

No me resultó muy difícil compartir su congoja. Ya cumplidos los cuarenta años, todo cambio es un símbolo detestable del pasaje del tiempo; además, se trataba de una casa que, para mí, aludía infinitamente a Beatriz. Quise aclarar ese delicadísimo rasgo; mi interlocutor no me oyó. Dijo que si Zunino y Zungri persistían en ese propósito absurdo, el doctor Zunni, su abogado, los demandaría *ipso facto* por daños y perjuicios y los obligaría a abonar cien mil nacionales.

El nombre de Zunni me impresionó; su bufete, en Caseros y Tacuarí, es de una seriedad proverbial. Interrogué si éste se había encargado ya del asunto. Daneri dijo que le hablaría esa misma tarde. Vaciló y con esa voz llana, impersonal, a que solemos recurrir para confiar algo muy íntimo, dijo que para terminar el poema le era indispensable la casa, pues en un ángulo del sótano había un Aleph. Aclaró que un Aleph es uno de los puntos del espacio que contiene todos los puntos.

—Está en el sótano del comedor —explicó, aligerada su dicción por la angustia—. Es mío, es mío: yo lo descubrí en la niñez, antes de la edad escolar. La escalera del sótano es empinada, mis tíos me tenían prohibido el descenso, pero alguien dijo que había un mundo en el sótano. Se refería, lo supe después, a un baúl, pero yo entendí que había un mundo. Bajé secretamente, rodé por la escalera vedada, caí. Al abrir los ojos, vi el Aleph.

—¿El Aleph? —repetí.

—Sí, el lugar donde están, sin confundirse, todos los lugares del orbe, vistos desde todos los ángulos. A nadie revelé mi descubrimiento, pero volví. ¡El niño no podía comprender que le fuera deparado ese privilegio para que el hombre burilara el poema! No me despojarán Zunino y Zungri, no y mil veces no. Código en mano, el doctor Zunni probará que es *inajenable* mi Aleph.

Traté de razonar.

—Pero, ¿no es muy oscuro el sótano?

—La verdad no penetra en un entendimiento rebelde. Si todos los lugares de la tierra están en el Aleph, ahí estarán todas las luminarias, todas las lámparas, todos los veneros de luz.

—Iré a verlo inmediatamente.

Corté, antes de que pudiera emitir una prohibición. Basta el conocimiento de un hecho para percibir en el acto una serie de rasgos confirmatorios, antes insospechados; me asombró no haber comprendido hasta ese momento que Carlos Argentino era un loco. Todos esos Viterbo, por lo demás... Beatriz (yo mismo suelo repetirlo) era una mujer, una niña de una clarividencia casi implacable, pero había en ella negligencias, distracciones, desdenes, verdaderas crueldades, que tal vez reclamaban una explicación patológica. La locura de Carlos Argentino me colmó de maligna felicidad; íntimamente, siempre nos habíamos detestado.

En la calle Garay, la sirvienta me dijo que tuviera la bondad de esperar. El niño estaba, como siempre, en el sótano, revelando fotografías. Junto al jarrón sin una flor, en el piano inútil, sonreía (más intemporal que anacrónico) el gran retrato de Beatriz, en torpes colores. No podía vernos nadie; en una desesperación de ternura me aproximé al retrato y le dije:

—Beatriz, Beatriz Elena, Beatriz Elena Viterbo, Beatriz querida, Beatriz perdida para siempre, soy yo, soy Borges.

Carlos entró poco después. Habló con sequedad; comprendí que no era capaz de otro pensamiento que de la perdición del Aleph.

—Una copita del seudo coñac —ordenó— y te zampuzarás en el sótano. Ya sabes, el decúbito dorsal es indispensable. También lo son la oscuridad, la inmovilidad, cierta acomodación ocular. Te acuestas en el piso de baldosas y fijas los ojos en el décimonono escalón de la pertinente escalera. Me voy, bajo la trampa y te quedas solo. Algún roedor te mete miedo ¡fácil empresa! A los pocos minutos ves el Aleph. ¡El microcosmo de alquimistas y cabalistas, nuestro concreto amigo proverbial, el *multum in parvo*!

Ya en el comedor, agregó:

—Claro está que si no lo ves, tu incapacidad no invalida mi testimonio… Baja; muy en breve podrás entablar un diálogo con *todas* las imágenes de Beatriz.

Bajé con rapidez, harto de sus palabras insustanciales. El sótano, apenas más ancho que la escalera, tenía mucho de pozo. Con la mirada, busqué en vano el baúl de que Carlos Argentino me habló. Unos cajones con botellas y unas bolsas de lona entorpecían un ángulo. Carlos tomó una bolsa, la dobló y la acomodó en un sitio preciso.

—La almohada es humildosa —explicó—, pero si la levanto un solo centímetro, no verás ni una pizca y te quedas corrido y avergonzado. Repantiga en el suelo ese corpachón y cuenta diecinueve escalones.

Cumplí con sus ridículos requisitos; al fin se fue. Cerró cautelosamente la trampa; la oscuridad, pese a una hendija que después distinguí, pudo parecerme total. Súbitamente comprendí mi peligro: me había dejado soterrar por un loco, luego de tomar un veneno. Las bravatas de Carlos trasparentaban el íntimo terror de que yo no viera el prodigio; Carlos, para defender su delirio, para no saber que estaba loco, *tenía que matarme*. Sentí un confuso malestar, que traté de atribuir a la rigidez, y no a la operación de un narcótico. Cerré los ojos, los abrí. Entonces vi el Aleph.

Arribo, ahora, al inefable centro de mi relato; empieza, aquí, mi desesperación de escritor. Todo lenguaje es un alfabeto de símbolos cuyo ejercicio presupone un pasado que los interlocutores comparten; ¿cómo trasmitir a los otros el infinito Aleph, que mi temerosa memoria apenas abarca? Los místicos, en análogo trance, prodigan los emblemas: para significar la divinidad, un persa habla de un pájaro que de algún modo es todos los pájaros; Alanus de Insulis, de una esfera cuyo centro está en todas partes y la circunferencia en ninguna; Ezequiel, de un ángel de cuatro caras que a un tiempo se dirige al oriente y al occidente, al norte y al sur. (No en vano rememoro esas inconcebibles analogías; alguna relación tienen con el Aleph.) Quizá los dioses no me negarían un hallazgo de una imagen equivalente, pero este informe quedaría contaminado de literatura, de falsedad. Por lo demás, el problema central es irresoluble: la enumeración, siquiera parcial, de un conjunto infinito. En ese instante gigantesco, he visto millones de actos deleitables o atroces; ninguno me asombró como el hecho de que todos ocuparan el mismo punto, sin superposición y sin trasparencia. Lo que vieron mis ojos fue simultáneo: lo que transcribiré, sucesivo, porque el lenguaje lo es. Algo, sin embargo, recogeré.

En la parte inferior del escalón, hacia la derecha, vi una pequeña esfera tornasolada, de casi intolerable fulgor. Al principio la creí giratoria; luego comprendí que ese movimiento era una ilusión producida por los vertiginosos espectáculos que encerraba. El diámetro del Aleph sería de dos o tres centímetros, pero el espacio cósmico estaba ahí, sin disminución de tamaño. Cada cosa (la luna del espejo, digamos) era infinitas cosas, porque yo claramente la veía desde todos los puntos del universo. Vi el populoso mar, vi el alba y la tarde, vi las muchedumbres de América, vi una plateada telaraña en el centro de una negra pirámide, vi un laberinto roto (era Londres), vi interminables ojos inmediatos escrutándose en mí como en un espejo, vi todos los espejos del planeta y ninguno me reflejó, vi en un traspatio de la calle Soler las mismas baldosas que hace treinta años vi en el zaguán de una casa en Fray Bentos, vi racimos, nieve, tabaco, vetas de metal, vapor de agua, vi convexos desiertos ecuatoriales y cada uno de sus granos de arena, vi en Inverness a una mujer que no olvidaré, vi la violenta cabellera, el altivo cuerpo, vi un cáncer en el pecho, vi un círculo de tierra seca en una vereda, donde antes hubo un árbol, vi una quinta de Adrogué, un ejemplar de la primera versión inglesa de Plinio, la de Philemon Holland, vi a un tiempo cada letra de cada página (de chico, yo solía maravillarme de que las letras de un volumen cerrado no se mezclaran y perdieran en el decurso de la noche), vi la noche y el día contemporáneo, vi un poniente en Querétaro que parecía reflejar el color de una rosa en Bengala, vi mi dormitorio sin nadie, vi en un gabinete de Alkmaar un globo terráqueo entre dos espejos que lo multiplican sin fin, vi caballos de crin arremolinada, en una playa del Mar Caspio en el alba, vi la delicada osatura de una mano, vi a los sobrevivientes de una batalla, enviando tarjetas postales, vi en un escaparate de Mirzapur una baraja española, vi las sombras oblicuas de unos helechos en el suelo de un invernáculo, vi tigres, émbolos, bisontes, marejadas y ejércitos, vi todas las hormigas que hay en la tierra, vi un astrolabio persa, vi en un cajón del escritorio (y la letra me hizo temblar) cartas obscenas, increíbles, precisas, que Beatriz había dirigido a Carlos Argentino, vi un adorado monumento en la Chacarita, vi la reliquia atroz de lo que deliciosamente había sido Beatriz Viterbo, vi la circulación de mi oscura sangre, vi el engranaje del amor y la modificación de la muerte, vi el Aleph, desde todos los puntos, vi en el Aleph la tierra, y en la tierra otra vez el Aleph y en el Aleph la tierra, vi mi cara y mis vísceras, vi tu cara, y sentí vértigo y lloré, porque mis ojos habían visto ese objeto secreto y conjetural, cuyo nombre usurpan los hombres, pero que ningún hombre ha mirado: el inconcebible universo.

Sentí infinita veneración, infinita lástima.

—Tarumba habrás quedado de tanto curiosear donde no te llaman —dijo una voz aborrecida y jovial—. Aunque te devanes los sesos, no me pagarás en un siglo esta revelación. ¡Qué observatorio formidable, che Borges!

Los zapatos de Carlos Argentino ocupaban el escalón más alto. En la brusca penumbra, acerté a levantarme y a balbucear:

—Formidable. Sí, formidable.

La indiferencia de mi voz me extrañó. Ansioso, Carlos Argentino insistía:

—¿Lo viste todo bien, en colores?

En ese instante concebí mi venganza. Benévolo, manifiestamente apiadado, nervioso, evasivo, agradecí a Carlos Argentino Daneri la hospitalidad de su sótano y lo insté a aprovechar la demolición de la casa para alejarse de la perniciosa metrópoli, que a nadie ¡créame, que a nadie! perdona. Me negué, con suave energía, a discutir el Aleph; lo abracé, al despedirme, y le repetí que el campo y la serenidad son dos grandes médicos.

En la calle, en las escaleras de Constitución, en el subterráneo, me parecieron familiares todas las caras. Temí que no quedara una sola cosa capaz de sorprenderme, temí que no me abandonara jamás la impresión de volver.

Felizmente, al cabo de unas noches de insomnio, me trabajó otra vez el olvido.

Posdata del primero de marzo de 1943. A los seis meses de la demolición del inmueble de la calle Garay, la Editorial Procusto no se dejó arredrar por la longitud del considerable poema y lanzó al mercado una selección de "trozos argentinos". Huelga repetir lo ocurrido; Carlos Argentino Daneri recibió el Segundo Premio Nacional de Literatura.[1] El primero fue otorgado al doctor Aita; el tercero, al doctor Mario Bonfanti; increíblemente, mi obra *Los naipes del tahúr* no logró un solo voto. ¡Una vez más, triunfaron la incomprensión y la envidia! Hace ya mucho tiempo que no consigo ver a Daneri; los diarios dicen que pronto nos dará otro volumen. Su afortunada pluma (no entorpecida ya por el Aleph) se ha consagrado a versificar los epítomes del doctor Acevedo Díaz.

Dos observaciones quiero agregar: una, sobre la naturaleza del Aleph; otra, sobre su nombre. Éste, como es sabido, es el de la primera letra del alfabeto de la lengua sagrada. Su aplicación al disco de mi historia no parece casual. Para la Cábala, esa letra significa el En Soph, la ilimitada y pura divinidad; también se dijo que tiene la forma de un hombre que señala el cielo y la tierra, para indicar que el mundo inferior es el espejo y es el mapa del superior; para la *Mengenlehre*, es el símbolo de los números

---

1. "Recibí tu apenada congratulación", me escribió. "Bufas, mi lamentable amigo, de envidia, pero confesarás — ¡aunque te ahogue! — que esta vez pude coronar mi bonete con la más roja de las plumas; mi turbante, con el más *califa* de los rubíes."

transfinitos, en los que el todo no es mayor que alguna de las partes. Yo querría saber: ¿Eligió Carlos Argentino ese nombre, o lo leyó, *aplicado a otro punto donde convergen todos los puntos*, en alguno de los textos innumerables que el Aleph de su casa le reveló? Por increíble que parezca, yo creo que hay (o que hubo) otro Aleph, yo creo que el Aleph de la calle Garay era un falso Aleph.

Doy mis razones. Hacia 1867 el capitán Burton ejerció en el Brasil el cargo de cónsul británico; en julio de 1942 Pedro Henríquez Ureña descubrió en una biblioteca de Santos un manuscrito suyo que versaba sobre el espejo que atribuye el Oriente a Iskandar Zu al-Karnayn, o Alejandro Bicorne de Macedonia. En su cristal se reflejaba el universo entero. Burton menciona otros artificios congéneres —la séptuple copa de Kai Josrú, el espejo que Tárik Benzeyad encontró en una torre (*Las mil y una noches*, 272), el espejo que Luciano de Samosata pudo examinar en la luna (*Historia Verdadera*, I, 26), la lanza especular que el primer libro del *Satyricon* de Capella atribuye a Júpiter, el espejo universal de Merlín "redondo y hueco y semejante a un mundo de vidrio" (*The Faerie Queene*, III, 2, 19)— y añade estas curiosas palabras: "Pero los anteriores (además del defecto de no existir) son meros instrumentos de óptica. Los fieles que concurren a la mezquita de Amr, en El Cairo, saben muy bien que el universo está en el interior de una de las columnas de piedra que rodean el patio central... Nadie, claro está, puede verlo, pero quienes acercan el oído a la superficie, declaran percibir, al poco tiempo, su atareado rumor... La mezquita data del siglo VII; las columnas proceden de otros templos de religiones anteislámicas, pues como ha escrito Abenjaldún: "En las repúblicas fundadas por nómadas, es indispensable el concurso de forasteros para todo lo que sea albañilería".

¿Existe ese Aleph en lo íntimo de una piedra? ¿Lo he visto cuando vi todas las cosas y lo he olvidado? Nuestra mente es porosa para el olvido; yo mismo estoy falseando y perdiendo, bajo la trágica erosión de los años, los rasgos de Beatriz.

A Estela Canto

EPÍLOGO

Fuera de "Emma Zunz" (cuyo argumento espléndido, tan superior a su ejecución temerosa, me fue dado por Cecilia Ingenieros) y de la "Historia del guerrero y de la cautiva" que se propone interpretar dos hechos fidedignos, las piezas de este libro corresponden al género fantástico. De todas ellas, la primera es la más trabajada; su tema es el efecto que la inmortalidad causaría en los hombres. A ese bosquejo de una ética para inmortales, lo sigue "El muerto": Azevedo Bandeira, en ese relato, es un hombre de Rivera o de Cerro Largo y es también una tosca divinidad, una versión mulata y cimarrona del incomparable Sunday de Chesterton. (El capítulo XXIX del *Decline and Fall of the Roman Empire* narra un destino parecido al de Otálora, pero harto más grandioso y más increíble.) De "Los teólogos" basta escribir que son un sueño, un sueño más bien melancólico, sobre la identidad personal; de la "Biografía de Tadeo Isidoro Cruz", que es una glosa del *Martín Fierro*. A una tela de Watts, pintada en 1896, debo "La casa de Asterión" y el carácter del pobre protagonista. "La otra muerte" es una fantasía sobre el tiempo, que urdí a la luz de unas razones de Pier Damiani. En la última guerra nadie pudo anhelar más que yo que fuera derrotada Alemania; nadie pudo sentir más que yo lo trágico del destino alemán; "Deutsches Requiem" quiere entender ese destino, que no supieron llorar, ni siquiera sospechar, nuestros "germanófilos", que nada saben de Alemania. "La escritura del dios" ha sido generosamente juzgada; el jaguar me obligó a poner en boca de un "mago de la pirámide de Qaholom", argumentos de cabalista o de teólogo. En "El Zahir" y "El Aleph" creo notar algún influjo del cuento "The Cristal Egg" (1899) de Wells.

J. L. B.
Buenos Aires, 3 de mayo de 1949

Posdata de 1952. Cuatro piezas he incorporado a esta reedición "Abenjacán el Bojarí, muerto en su laberinto" no es (me aseguran) memorable a pesar de su título tremebundo. Podemos considerarlo una variación de "Los dos reyes y los dos laberintos" que los copistas intercalaron en *Las mil y una noches* y que omitió el prudente Galland. De "La espera" diré que la sugirió una crónica policial que Alfredo Doblas me leyó, hará diez años, mientras clasificábamos libros según el manual del Instituto Bibliográfico de Bruselas, código del que todo he olvidado, salvo que a Dios le corresponde la cifra 231. El sujeto de la crónica era turco; lo hice italiano para intuirlo con más facilidad. La momentánea y repetida visión de un hondo conventillo que hay a la vuelta de la calle Paraná, en Buenos Aires, me deparó la historia que se titula "El hombre en el umbral"; la situé en la India para que su inverosimilitud fuera tolerable.

J. L. B.

ÍNDICE

ALEPH

de Paulo Coelho

En su novela más personal hasta la fecha, Paulo Coelho regresa con una extraordinaria historia de autodescubrimiento —consigo mismo como personaje principal. Al igual que el pastor Santiago en su gran novela *El Alquimista*, Paulo se enfrenta a una grave crisis de fe. En busca de renovación y crecimiento espiritual, se embarca en un viaje en el tren Transiberiano con el fin de revitalizar su pasión por la vida. Aún así, nunca espera conocer a Hilal, una joven violinista a la que amó 500 años antes —y la que traicionó en un acto de cobardía tan grande que todavía no ha podido encontrar la verdadera felicidad en esta vida. Juntos iniciarán un viaje místico a través del tiempo y hacia el amor, el perdón y el coraje necesario para superar los inevitables desafíos de la vida. Apasionante e inspiradora, *Aleph* nos invita a considerar el significado de nuestras vidas: ¿Estamos donde queremos estar, haciendo lo que queremos hacer?

Ficción/Inspiración

DOÑA FLOR Y SUS DOS MARIDOS

de Jorge Amado

A nadie sorprende cuando el encantador pícaro Vadinho dos Guimares —empedernido jugador y mujeriego incorregible— muere durante el carnaval. Su desconsolada esposa se dedica a la cocina y a sus amigas, hasta que conoce al joven doctor Teodoro y decide asentarse. Pero después de la boda, pasionalmente insatisfecha, doña Flor empieza a soñar con las atenciones amorosas de su primer marido. Pronto el propio Vadinho reaparecerá, dispuesto a reclamar sus derechos conyugales. Jorge Amado, uno de los escritores más influyentes de la literatura latinoamericana, ha dado vida a tres personajes literarios de fama mundial. *Doña Flor y sus dos maridos* es un auténtico clásico que ratifica que toda gran historia de amor y sensualidad posee un ingrediente sobrenatural.

Ficción

de Jorge Amado

En 1925, la riqueza producida por el cacao ha permitido el desarrollo económico de Ilhéus, pero las costumbres de sus habitantes todavía son primitivas y violentas. En este pueblo, el árabe Nacib Saad, desesperado al perder al cocinero de su popular café, contrata a la bella mulata Gabriela que, para su sorpresa, resultará ser no sólo una gran cocinera sino un encantador beneficio para su negocio. Pero, ¿qué diría la gente si Nacib se casara con ella? Gabriela perdurará en la literatura como una hermosa figura femenina, simple y espontánea, mas allá del bien y del mal. Con su lirismo inigualable, Jorge Amado ha transmitido al personaje las cualidades típicas del pueblo brasileño: ternura, sensualidad sin malicia, alegría envolvente, feliz primitivismo. Y el romance conmovedor de Nacib y Gabriela se ubicará, sin duda, en la galería de los amantes célebres de la historia de la literatura.

Ficción

CIEN AÑOS DE SOLEDAD
de Gabriel García Márquez

"Muchos años después, frente al pelotón de fusilamiento, el coronel Aureliano Buendía había de recordar aquella tarde remota en que su padre lo llevó a conocer el hielo". Con estas palabras empieza una novela ya legendaria en los anales de la literatura universal, una de las aventuras literarias más fascinantes del siglo XX. Millones de ejemplares leídos en todas las lenguas y el Premio Nobel de Literatura son la más palpable demostración de que la aventura fabulosa de la familia Buendía-Iguarán, con sus milagros, fantasías, obsesiones, tragedias, incestos, adulterios, rebeldías, descubrimientos y condenas, representaba al mismo tiempo el mito y la historia, la tragedia y el amor del mundo entero.

Ficción